TAKE
SHOBO

執着系社長の重くて甘い愛にお腹いっぱいです！

奥手なドクターは突然のプロポーズに困惑する

水城のあ

ILLUSTRATION
neco

蜜夢
MITSU
YUME

CONTENTS

MITSU YUME

イラスト／neco

執着系社長の重くて甘い愛にお腹いっぱいです！

奥手なドクターは突然のプロポーズに困惑する

1

「山本《やまもと》先生、明日の面談予約のリストです」

彩花《あやか》は看護師の鈴原《すずはら》が差し出したバインダーを受け取り、数枚のプロフィールが書かれた紙を手早くめくった。

「うん、明日は少なめですね」

リストに並んでいるのは、すべて彩花が産業医として勤務するスマイル製菓という会社の社員だ。

スマイル製菓は全国的に有名な菓子メーカーで、誰もが幼いころ口にしたことのあるチョコレートや、スナック菓子でおなじみの会社だ。

彩花も子どもの頃近所のコンビニやスーパーで、よく母に強請って買ってもらった記憶がある。大人になった今も時折思い出して食べたくなるから、社員から差し入れされる菓子を目にすると思わずにっこりしてしまうほどだ。

現在はそのスマイル製菓の産業医として勤務しているのだが、仕事内容は普通の病院勤務の医師とは少し違っている。

健康管理室という、学校で言えば保健室のような部屋に常駐しているのだが、この会社での主な仕事は社員との面談だ。

例えば健康診断で結果が芳しくなかった社員の経過観察として定期的に話をしたり、勤務中に感じる漠然とした不安を抱える社員や出社困難な社員のカウンセリングをしたり、必要があれば医療機関と連携する。

健康管理室には一応受付があり、三人掛けの待合ソファーがふたつ並んでいるのだが、基本は予約制なのでそのソファーがいっぱいになることはない。

もちろん保健室の役割も果たしているが、診療室の隣に救護ベッドが三台あるぐらいで、余程のことがなければベッドが満床になることはなかった。

その他病院に勤務している医師と大きく違うのは、問診は行うけれど社内で実際の医療行為を行わないことだ。頭痛薬や胃薬といった一時的な処方や捻挫に湿布といった簡単な処置は行うが、せいぜいが学校の保健室と変わらない。

面談がないときは提携病院への紹介状を書いたり、実際に診療した病院の医師と連携をとり仕事に復帰できるかどうか検討したりと、細々とした業務も多い。

紹介先は彩花が卒業し現在も籍を置いている大学病院がメインで、彩花自身も教授の薦めで二年間という契約で大学病院から派遣されていた。

派遣期間はあと八ヶ月ほど残っていて、任期中に誕生日を迎えて終了するときには二十九歳になるという、独身女性としては微妙な年齢だ。

このあとは横浜の実家が経営している総合病院に入るか、内科医としての技術を磨くため大学病院に戻るかのどちらかだが、そろそろ同期の女性医師たちからは結婚、出産といった声も聞こえてくるようになった。

元々医学部はストレートで卒業しても二十四歳、その後研修医や専門医としての期間があり一人前になるまでには時間がかかる。現在二十八歳と言っても普通の会社員とは違い、まだ若手とか新人の扱いを受けることもしばしばだ。

彩花の周りでは二十代の間に結婚してさっさと出産をしてしまうか、ある程度地位を築いて三十代後半から四十代になってから結婚するという女医が多い。

友だちの話を聞いていると子育て期間が一番大変らしく、なるべく早く職場に復帰するためには家族の全面的な協力が必要なようだ。

幸い彩花は実家の総合病院で医師として勤務すれば産休など多少は便宜を図ってもらえるだろうが、このまま大学に残るとすれば結婚出産のタイミングはよくよく考えなければならないだろう。

まあ恋人のいない今そんなことを考えるのは杞憂《きゆう》とも言えるのだが、やはりこの先のことを考えると漠然とした不安は感じていた。

「うん。問題ないですね。ありがとうございます」

バインダーを机に置くと、書類に目を通すのを見守っていた鈴原が、やれやれといった態で溜息《ためいき》をついた。

「新入社員の不安相談もやっと落ち着いてきましたね。というか、最近の若い人ってなんというか、メンタルが不安定な方が多すぎませんか。精神的に未熟っていうか、男性も軟弱になりましたし」

そう言って顔を顰《しか》めた鈴原は四十代後半のベテラン看護師だ。小学生と中学生、ふたりの子どもを持つ母親で、下の子どもが幼稚園に入園するタイミングで仕事に復帰したそうだ。

ここ数年は夜勤のない定時で上がれる仕事をということで、スマイル製菓との直接雇用で、健康管理室の看護師を務めてくれている。

彩花はなにかの折りに、下の子どもが中学生になったら夜勤もある病院に転職を考えていると聞かされていた。

彼女たちの年代が社会に出た頃は上司に怒鳴られるとか、今ならパワハラで訴えられるようなことがまかり通っていたそうで、その時代をくぐり抜けてきた年齢層の人たちから見れば最近の若者は弱いということになるらしい。

鈴原の言い分も一部理解できるが、研修医時代に女性というだけで理不尽な叱責を受けていた彩花としては、パワハラに関しては軟弱とか未熟だけで片付けてはいけない気がする。

大きな声や暴言で叱責する人は、たいていの場合が八つ当たりやヒステリーで、言っていることも理不尽な内容が多い。最近は親にも大声で怒られたことはないという若者も一定数いるので、大人になって他人に怒鳴られショックを受けるのもわからなくはない。

彩花自身まだ若者の部類に入ると勝手に思っているが、産業医として勤務して初めて、こんなにも心の問題を抱えている人が多いのかと驚いた。

精神科や心療内科が専門ではないが、オフィス街でその手のクリニックを開いたら大繁盛するのではないかと思ってしまうほど不安を抱えた社員は多かった。

「以前よりそういう不安を相談できるところが増えたからそう感じるんじゃないですか？ほら、ネットとかでも匿名で気軽に相談できたりするし」

「でも一人暮らしが寂しいとか、就職して彼女にふられたとか、先生に相談することじゃないですよ」

鈴原のぼやきに彩花は苦笑いを浮かべた。まさに先ほどまで面談していた新入社員が、そんな悩みを打ち明けて帰ったばかりなのだ。

しかし眠れないし不安でたまらないと言われたら心療内科の受診を勧めるのがセオリーで、それぐらいの悩みなら大抵は睡眠導入剤などを処方されて落ち着く場合がほとんどだった。

確かにプライベートの悩みまで産業医の範疇《はんちゅう》とは思わないが、それが仕事の効率に繋《つな》がってくることもありうるので、彩花は曖昧な笑みを浮かべて鈴原の言葉を受け流した。

「先生はお若いからみんな相談しやすいんでしょうけど、美人なんですから気をつけてくださいよ」

「え？」

「営業の片平さんなんて、半分先生目当てで面談予約入れてますよ？　そりゃ最初は営業部長のプレッシャーに耐えかねての胃潰瘍でしたけど、パワハラが問題になって部長が工場に出向させられてからはすっかり良くなったじゃないですか。検査結果だって問題ないって上がってきているのに、それでも面談予約を入れるのは、先生を狙ってるからですよ。この前だってランチに誘われていたじゃないですか」

「……」

　確かにランチには誘われたが、あれは社食を使ったことがない彩花を案内するという親切心からの申し出だ。

　スマイル製菓の社食は、ビュッフェ形式で社員の誰もが無料で利用できる。日常的に試食など糖質の高いものを口にしている社員のために野菜をふんだんに使ったヘルシーな食事が用意されている。午後の時間帯には、同じようにフルーツやカフェも提供されているそうだ。

　委託の産業医である彩花も初日にそのことは説明されていたが、雑談中に一度も利用したことがないと言ったら、片平が一緒に行こうと誘ってくれたのだ。

「あれは片平さんが親切で申し出てくれただけですって。それに誘われたと言っても社食ですよ？　他の社員の目もあるんですから、狙ってるどうこうの話じゃないと思いますけど」

本気で誘う気があるのなら外のランチという手もあるし、終業後でもいいはずだ。そもそも社食でデートなんて、仕事の延長のようで落ち着かない。

彩花がそう言うと、鈴原はやれやれという顔で溜息をつく。

「先生ってお嬢さん育ちですもんね。しかも末っ子でお兄さんたちに可愛がられていたみたいですし、男性の好意と善意の区別がつかないんですよ。そんなんじゃ悪い男に引っかかって騙《だま》されちゃいますよ」

まるで子どもを心配する母親のような口調だ。

鈴原の言うお嬢さん育ちには語弊があるが、それなりに裕福な家庭で大事に育てられた自覚はある。

父は横浜の閑静な住宅街の一角で総合病院を経営しており、五歳と二歳離れたふたりの兄も医師で、大学病院での研修を終えた今は実家の病院で働いている。

末っ子で女の子の彩花は兄ふたりに溺愛と言っていいほど可愛がられていたし、大学六年間でマンションが買えるとも言われる学費の私立医大を卒業させてもらったのだから、経済的にも恵まれているのだろう。

だからと言って悪い男に騙されるというのは、育ち云々《うんぬん》より本人の資質の問題ではないだろうか。まあ男性との交際経験が片手で数えるほどしかない自分が言っても説得力はなさそうだが、鈴原が言うほど世間知らずではないと思っていた。

「ここは大手企業ですから、おかしな人はそうそういないとは思いますけど、気をつけてくださいね。先生」

「はーい」

彩花がおどけて返事をしたとき、デスクの電話が鳴る。

鈴原が手を伸ばすのを視線で制して、彩花が受話器を取った。

「はい、健康管理室の山本です」

すると電話の向こうから、慌てた男性の声が聞こえてきた。

『すぐにドクターに重役フロアへくるよう伝えてください！　急病人です‼』

切羽詰まった様子に、彩花は思わず腰を浮かせたがすぐに冷静になる。

「落ち着いてください。急病人ならすぐに１１９に電話をして救急車を呼んでください。健康管理室では処置を行っていないんです」

常駐の産業医が医療行為をしないことは周知されているはずで、去年も一度社内で脳梗塞を起こした社員がいたが、速やかに救急車が呼ばれたのだ。

重役フロアの人間だというなら当然そのことを知っているはずなのに、さらに言葉をつづける。

『本人が大袈裟《おおげさ》にしたくないと言っているんです。とにかく重役フロアに』

男性はそれだけ言うと電話を切ってしまった。

「先生？」

受話器を手に呆然《ぼうぜん》としている彩花の顔を、鈴原が心配そうに覗《のぞ》き込む。

「重役フロアで急病人らしいです。今すぐ来いって」

「行くのはいいですけど、なにもできませんよね？」

「そう言ったんですけど……」

彩花は受話器を置くと、机の上にあった聴診器に手を伸ばした。

「聞いてしまった以上知らなかったフリもできないし、行ってみましょう。もしかしたらもう救急車を呼んでいるかもしれないし。とりあえず……ＡＥＤと血圧計を持ってきてもらえますか」

鈴原が素早く指示されたものを手に取ると彩花に続く。早足で廊下を歩きエレベーターに乗りこむ。重役フロアに降り立つと、待ち構えていた女性に患者の元へと案内された。

「こちらです！」

目的の部屋の扉は開いていて、スーツ姿の男性が手招きをする。彩花が小走りで部屋に飛び込むと、ソファーに横たわる男性の姿があった。

「どうしましたか？」

彩花の問いに扉を開けていた男性が代わりに答える。

「眩暈《めまい》でも起こしたのかふらついて、突然倒れられたんです」

「頭は打ちました？」

「いえ、そばにいた私が支えることができたので、そのままこちらのソファーに。どうなんでしょう？　重病なんでしょうか」

聞き覚えのある声に、先程の電話の主はこの人物だろうと見当をつける。

すると腕で顔を隠すようにしてソファーに横たわっていた男性が口を開いた。

「江崎《えざき》……騒ぐな。大丈夫だと言っているだろう……」

どうやら意識はあるらしいが、残念ながらその声には言葉ほど力はない。しかし意識はしっかりしている様子に彩花はホッと胸を撫《な》で下ろして診察を始めた。

男性は三十代半ばほどで、肥満体型ではない。というかこの年代の男性が気になり始める下腹部も出ていないし、シャツの上からではっきりとわからないがしっかり鍛えられている感じがする。

ということは持病でもない限り頭や心臓の病気である可能性は低い。彩花はだらりと床に向かって投げ出されていた男性の腕をとった。

「血圧測りますね。シャツの上から失礼します」

すぐ後ろに控えていた鈴原が差し出した血圧計の腕帯を男性の上腕部に巻き付けた。すぐに少し低いが騒ぐほどではない数値がデジタル画面に表示された。

そのまま腕帯の下に聴診器を当てるとやや頻脈だ。

「少し速いですね。意識を失った時間はわかりますか？」

「意識は……失ってない。ちょっと寝不足だっただけだ……」

「お食事は？　今日はなにを召しあがりましたか？」

男性は軽く頭を横に振った。

「過労と寝不足からくる貧血のようですね。お食事もしていないようだから低血糖も起こしているんでしょう。とりあえずなにかお腹に入れた方がいいですね。砂糖を入れたホットミルクとか……オレンジジュースとか」

彩花の言葉に女性がひとり身を翻して部屋を出て行く。

「今日はもうお帰りになってゆっくりお休みになってください。明日も症状が続くようでしたら、かかりつけ医を受診するようにしてくださいね」

彩花の言葉に、先ほど江崎と呼ばれた男性がホッと溜息を漏らす。

「だから言ったじゃないですか。社長は忙しすぎるんですよ‼」

〝社長〟という言葉に、彩花はギョッとして改めてソファーの男性の顔を見つめた。

確か出勤をした初日に挨拶をしたがそれきりで、ろくに顔も覚えていない。その時ずいぶん若いと思って鈴原に尋ねたら、父親から代替わりをしたばかりの若社長だと聞かされた記憶がある。名前は……そう、桜庭大和《さくらばやまと》だ。

彼が社長だと知り、この重役フロアが騒然としていることにも納得がいった。

「とにかく今日の予定はすべてリスケさせていますからすぐに帰って寝てください。いま車を準備します」

江崎のきっぱりとした口調に、桜庭は顔を顰める。

「いや、もう大丈夫だ。今日はこのあと経済連の門脇さんとお会いする約束だっただろう」

「それはもうお断りのご連絡を差し上げました」

「それなら午後の新製品の試食会に出席する」

「そちらは本部長に任せて欠席なさることにしているじゃないですか。どうしてわざわざ仕事を増やすんです」

「おまえこそどうしてそんな勝手なことを！」

ふたりのやりとりを聞いていた彩花は、我慢できずに口を開いてしまった。

「いい加減にしてください！」

「……」

「……」

言い合いになりかけていた男性ふたりは口を噤《つぐ》み、江崎の後ろに控えていた女性は目を丸くしていたが、彩花はその様子に気づかず桜庭を厳しい顔で見下ろした。

「あなたバカですか？　自分の体調も管理できないくせに、なに部下に命令してるんですか。そもそもこーんな大企業のトップなんですから自己管理しなくてどうするんです？　何百人って社員の生活を背負っているんですよ。あなたという名の船が転覆したらみんな沈むんです。そのくらいの自覚を持ってください」

この会社で健康管理をするようになってから知ったのだが、有能な人ほど自分のことを顧みなさすぎる。休養を勧めるとたいてい自分でなければ回らない案件があると言い出す。彼も同様で、すべてに自分が関わっていたいと考えてしまう典型的なワーカホリックタイプだ。

「いいですか？　今あなたに必要なのは休養です。江崎さんの言う通り、今すぐなにか召しあがって家に帰って寝てください。それが今のあなたの仕事です！」

すべて言い切ってからさすがに口が過ぎたかと思ったが、健康管理室の医師としてこの会社の社長の健康を管理するのは当然の仕事だ。桜庭の不摂生を見逃すことはできなかった。

しかし彩花の大演説にしんと静まりかえってしまったその場の居心地はすこぶる悪い。しかも桜庭がこちらをジッと見上げていて、その視線の強さに項の辺りがチリチリしてくる。

もしかしたらこの場でクビにされて、大学にもクレームが入るかもしれない。彩花はそんな不安を振り切ってもう一度言った。

「これは医師からの命令ですよ！　休んでください！」

「……」

倒れたばかりだというのに、桜庭の強い視線が痛い。しかし彩花も医師としてこれだけは譲れないと、怯《ひる》まずにその瞳を見つめ返したときだった。桜庭がゆっくりと口を開いた。

「……わかった、君のアドバイスに従って帰ることにしよう」

誰からともなくホウッと溜息が漏れて、室内の緊張が緩む。気を張っていた彩花などその場に座り込みたいほど脱力してしまった。その中で最初に口を開いたのは江崎だった。

「ではすぐに車を。もし歩けないようでしたら車椅子を」

「ばかを言うな。自分で歩ける」

サッと立ち上がって歩き出した足取りはしっかりしているし、青ざめていた顔にも少し生気が戻ってきていた。

控えていた女性たちもバタバタと動き回り始め、鈴原がサッと血圧計を取り上げたので彩花も立ち上がった。

「良かったですね。重病じゃなくて」

「ええ。鈴原さんもありがとうございました」

そう言ってふたりで部屋を出ようとしたとき、桜庭に付き添っていたはずの江崎が戻ってきた。

「先生、ありがとうございました」

江崎が深々と頭を下げた。そのあとあげた顔を見ると最初の印象よりも若い。彩花と同じぐらい、もし年上だとしても三十そこそこで社長の桜庭より年上ということはないだろう。

「とんでもないです。健康管理室は処置ができるような機材が揃《そろ》っていないので、たいしたお役にも立ててませんし」

「そんなことないです。社長を帰る気にさせてくれたじゃないですか！　見ていただいておわかりかと思いますが、社長は仕事人間で、なにより会社を優先する人なんです。ちょっと体調不良でも隠して仕事をするんですよ。私が気づいて休んでほしいと言っても梨の礫《つぶて》で……」

「……確かにそんな感じでしたね」

先ほどのふたりのやりとりを思い出して、彩花は苦笑いを浮かべた。

「あ。ご挨拶が遅れましたが、私は秘書室長の江崎と申します。先ほどは電話で失礼いたしました」

江崎がポケットから革のケースを取り出し、彩花に名刺を差し出した。

「あ、恐れ入ります」

彩花は名刺の肩書きと江崎の顔を交互に見つめた。この若さで秘書室長ということは相当優秀なのだろう。

「日を改めて本日のお礼をさせていただきたいのですが」

「いえ、これは業務のうちですからお気遣いなく」

お礼をされるようなことはしていないし、そもそも医療行為と言えるようなことはなにも行なっていない。彩花は軽く頭を下げて江崎に断りを口にすると、鈴原と一緒にその場をあとにした。

この件は毎日無難に産業医として勤めてきた彩花の中ではちょっとしたイレギュラーで、いつもとは違うスパイス的な要素があったがそれで終わりだと思っていた。

2

本当の事件が起きたのはその翌日のことだった。

午前中の面談を終え、昼休みまであと三十分を切ったころ、健康管理室の受付に意外な人物が姿を見せた。というか、診察室でカルテを書いていた彩花は登場した瞬間は見ていないが、ノックもせず診察室に飛び込んできた鈴原の顔を見ていつもと違うなにかが起きたことを悟った。

「先生！　ちょっと来てください!!」

「どうしたんですか……ええっ!?」

すぐに立ち上がり診察室の外を覗《のぞ》くと、そこには昨日の秘書室長、江崎が立っていたのだが、驚いたのは彼が手にしていた薔薇《ばら》の花束を目にしたからだった。

色鮮やかな深紅の薔薇の花束は男性の江崎でも両手で抱えるほど大きい。ざっと目視すると三十本、いや五十本はあるだろうか。

白いレースと鮮やかな赤の不織布に包まれ、薔薇と同じ深紅のリボンが結ばれていて、江崎のような若い男性が抱えているとそれだけで様になる。

その花束を抱えて社内を歩いてきたのなら、かなり注目を浴びたはずだ。

「お忙しいところ申し訳ありません。社長から昨日のお礼を届けにまいりました。まずは花をお渡ししたいと」

「……え？　で、でも……」

どうやらこの花束は桜庭からの贈りものらしい。

しかしちょっと診察をして花束を、それも高級そうな薔薇の花束をもらうなんて聞いたことがない。

「社長から直接お渡ししたかったそうなのですが、午前中はどうしても出席しなければいけない会合がありまして。私が代理を任されました。どうぞ」

「……」

江崎はそう言って花束を手渡そうとしてきたが、彩花は首を横に振った。

「先生？」

「こ、こんなの受け取れません。診察と言っても血圧と脈拍を見たぐらいですし、桜庭さんはご自分で歩けるほど回復していらっしゃいましたから、私はなにもしてないです」

「そうおっしゃらずに、桜庭の感謝の気持ちだと思ってお願いします」

ぐいぐいと花束を押しつけられては、仕方なく受け取るしかない。雇い主から花をもらうぐらいならボーナスの方が余程嬉《うれ》しいと思ったが、さすがにそれは口にできなかった。

「では……今回だけ受け取らせていただきますね。でも二度とこのようなことはして欲しくないと桜庭社長にお伝えいただけますか？」

「はい。承知しました。二度と花は送らないようにお伝えしますので。受け取っていただきありがとうございます。ところで先生は普段の昼食はどこでお召し上がりですか？　先生を社食で一度もお見かけしたことがないような気がしまして」

その問いに彩花の代わりに答えたのは鈴原だった。

「先生はいつもここでお食事されているんですよ」

「そうなんですか？　てっきり外に出られているのかと思っていました。それなら是非我が社の社食を利用してください。先生も我が社の社員と同じ扱いですから、いつでも使っていただいていいんですよ」

「ええ、それは知ってるんですけど」

普段はおひとり様も気にならないのだが、社食だとみんながワイワイ食事をしている中で疎外感を覚えてしまう。実はスマイル製菓に勤務し始めた頃一度だけ覗いたことがあるのだが、アウェー感に堪えられなくて入口で回れ右をしてしまった過去がある。

まあ午後の診療もあるし持参のお弁当や、朝のうちにコンビニで買ってきたおにぎりやサンドイッチを食べる方が気楽だったのもあるが、よく知らない相手にそこまで説明する必要はないだろう。

彩花は曖昧な笑みを浮かべて誤魔化した。

「ええと、桜庭社長にお花をありがとうございましたとお伝えください」

彩花は薔薇の花束を抱え直し、江崎に頭を下げた。

というか、帰りはどうしたらいいのだろう。これを電車で持って帰ったら間違いなく注目の的だ。となると今夜はタクシーを使うしかないだろう。彩花がそんなことを考えたときだった。

「お礼なら是非、直接桜庭にどうぞ。こちら桜庭の連絡先です」

そう言って江崎が渡してきたのは社名が入っていない名刺だった。携帯電話の番号とメッセージアプリのＩＤ、メールアドレスのみが記されている。

「……ありがとうございます」

今度は素直に受け取った彩花に、江崎は満足げな笑みを浮かべて健康管理室をあとにした。

しかし江崎の訪問はこれで終わりではなかった。翌日も同じ時間に受付に姿を見せたのだ。

「先生、桜庭が是非昼食をご一緒したいと申しております。本日Ｗホテルの和食のお店を押さえているので、お車でご案内させていただきます」

当たり前のように言われて頷《うなず》きそうになったが、昨日もこのようなことは必要ないと言ったのが、伝わっていなかったらしい。

「あの、昨日も申し上げましたがこのようなお気遣いは……」

「はい。お花は必要ないとのことでしたので、本日はお食事をご用意させていただきました」

「……」

言われてみれば〝花は贈らない〟と言われた気もするが、江崎の勝手な解釈だろう。なんだかややこしいことになってきたと、本人の前だというのに彩花は溜息《ためいき》をついてしまった。

「外に食事に出ると午後の面談に間に合わなくなりますので、お気持ちだけ受け取りますとお伝えいただけますか」

「なるほど。そこまで気が回らず失礼しました。では昨日お話しした社食なら大丈夫ですよね！　すぐにお席をお取りしますので、休憩時間になりましたら社食までお越しくださ い！」

「えっ……⁉」

斜め上の提案に一瞬返答に詰まった隙に、江崎は返事を待たずに健康管理室を出ていってしまった。

「ちょっと待ってください！」

その背中に向かって叫んだ彩花の声が聞こえているはずなのに、あからさまに無視されてしまう。

「もう……なんなの？」

「いいじゃないですか、社食で食事ぐらい。先生のお昼、おにぎりとサンドイッチばかりで栄養バランス悪いですもの。ちょうどいいから野菜たっぷりのランチを楽しんできてください！」

「サラダだって買ってますよ！　あとスープとか！」

「はいはい。私のお勧めメニューはグリルチキンです。たっぷりの野菜にのせてパワーサラダにするといいですよ」

結局鈴原に半ば強引に追い出されて、彩花は渋々社食に向かうことになってしまった。

社食は九階建ての自社ビルの最上階にある。四年前に桜庭が社長に就任したときにリニューアルをしたそうで、ナチュラルカラーをベースにしたお洒落《しゃれ》カフェという感じだ。

以前は長テーブルがずらりと並んで、みんなが向かい合って食事をとるという昔ながらのスタイルだったそうだが、今は白い丸テーブルに華奢《きゃしゃ》な脚の椅子、天井からは観葉植物が吊《つ》り下がり、窓際にはソファースペースもある。

厨房《ちゅうぼう》前のビュッフェスペースにはすでに社員が集まって、仕切りのついた白い皿に各々好きなものを盛り付けていて盛況のようだ。

さて桜庭はどこにいるのだろうとぐるりとフロアを見回すと、奥の席で江崎が手をあげているのが目に入った。すぐそばのテーブルには桜庭が座っていて、こちらを振り返り、彩花を見つけると椅子から立ち上がった。

「山本先生！　こちらです!!」

江崎の声にその場にいた社員の視線が一気に自分に集まるのを感じて、彩花は小走りで二人に近づいた。

「すみません、お待たせして」

「いいえ。こちらこそ急にお誘いして」

桜庭はそう言って立ちあがると、彩花のために椅子を引いた。

「どうぞ」

「お、恐れ入ります」

お洒落カフェ風とはいえ、社食の椅子を引いてもらうなど思ってもみなかった彩花は慌てて腰を下ろす。

「江崎」

桜庭の合図に、江崎が大きく頷いた。

「お取りしてきますね。先生はなにか苦手なものはありますか？」

「いえ、特には」

思わずそう答えてしまったが、江崎が取りに行くのではビュッフェの魅力が半減してしまう気がする。しかし桜庭はそう思わないのか、ビジネスマンらしい儀礼的な笑みを浮かべて、彩花の向かいに腰を下ろした。

「先日はありがとうございました」

そう言った桜庭の顔色は前回に比べて格段にいい。やはり過労だったのだろう。しかも先日は江崎とやり合っていたから不機嫌なワンマン社長という印象だったが、今日は別人のように愛想がいい。

前回は顔色ばかり気にしていたが、こうして改めて向き合ってみると桜庭はかなりのイケメンだと言わざるを得ない。彩花を迎えるときの立ち姿もモデルばりに決まっていたし、なによりパッと人目を引く顔立ちなのだ。

その証拠に女子社員がチラチラとこちらを窺《うかが》っていて、一緒にいる彩花は居心地が悪くてたまらなかった。

健康管理室を利用したことのない社員からすれば、あの見知らぬ女は誰だろうと思われても仕方がない。食堂で目立たないように白衣を脱いできたのだが、むしろ着てきた方がパワーランチだと思われ注目を浴びづらかったかもしれない。

「あの、昨日は素敵なお花をありがとうございました」

薔薇の花束など大袈裟《おおげさ》だと思ったが、今朝目覚めたら部屋の中がいい香りに包まれていて、気分良く過ごすことができたのを思い出し口元に自然と笑みが浮かぶ。しかし彩花の気持ちとは裏腹に、桜庭は残念そうな顔になる。

「あまり薔薇は好きじゃなかったと聞いた。すまなかった」

「……えっ？」

「君が花を贈らないでほしいと言っていたと江崎から聞いたんだが」

彩花は一瞬首を傾げ、それから昨日の江崎とのやりとりを思い出した。

「そ、それはそういう意味じゃ……私は任された仕事をしただけなので、お礼の品は必要ないと言っただけです」

すると硬い表情だった桜庭の顔に、一瞬だけ喜色が浮かんだのを彩花は見逃さなかった。先日の印象から勝手にクールでワンマンなイメージを持っていたが、思っていたよりも喜怒哀楽が顔に出る人なのかもしれない。

「それならまた花を贈っても？」

桜庭がすかさずそう言ったが、彩花は慌てて口を開く。

「いえ、ですから」

「お礼ではなくて好意で贈るならかまわないだろう？」

「は……？」

急に話がどこかへ飛んだようで、今桜庭となんの話をしていたのかわからなくなり、彩花は瞬きを繰り返す。

「君に好意を持っていると言ったんだ」

「……」

発言に似合わない、にこりともしない真顔で言われて、そのギャップに一瞬頭が真っ白になる。その後耳に聞こえてきたのは社員食堂のざわめきだった。

最初に考えたのは、周りが騒がしいから聞き間違えたのかもしれないということだった。その証拠に、桜庭はにこりともしていなかった。

普通好意を示すときは笑顔になったり、もっと柔らかい表情をするはずだ。とりあえずもう一度確認した方がいい。

「ごめんなさい。今おっしゃったことがよく聞こえなくて」

「ああ、周りがうるさいな。君に好意を持ったので花を贈りたいと言ったんだ」

「……」

どうやら聞き間違いではなかったらしいが、やはりその顔は好意を口にする表情ではなかった。

「女性にあんなふうに怒鳴りつけられるなんて人生初の体験で驚いたが、逆に新鮮でね。君と交際をしてみたいと思ったんだ」

「……」

少し、いやかなり変わった理由に一瞬言葉を失ってしまったが、誤解されたくないので慌てて口を開く。

「ど、怒鳴ってなんか……あれは心配していたから強い口調になっただけです！」

「それならもっと嬉しい。俺の健康を気遣ってくれた君に一目惚《ぼ》れしてしまったんだ」

しかつめらしい顔のままでそう言い切った桜庭の言葉は、その前のおかしな理由さえ聞いていなければキュンとしてしまいそうだが発言はかなりヤバイ人だ。いわゆる思い込みが激しいという表現がピッタリだった。

「山本彩花さん、俺と結婚を前提にお付き合いしていただけませんか？」

「……は⁉」

驚きすぎて言葉もないとはこのことだ。そもそもまともに会話もしたことがない相手から、仏頂面で交際を申し込まれるなんて非現実的すぎる。しかも相手は大企業の社長で、彩花の雇い主だ。

現実なのか白昼夢でも見ているのか見極めようと桜庭の顔を見つめ返したときだった。先ほどまで硬い表情だった顔にわずかに照れたような、はにかんだ表情が浮かぶ。切れ長の厳しい印象の目尻がかすかに下がり、ドキリとするほど色っぽく見えてしまう。男性を色っぽいと感じるのは初めてで、自分でもわかるほど鼓動が速くなった。

しばらくしてここが社員食堂というオープンスペースであるのを思い出し、慌てて周りのテーブルを見回した。

幸い周囲のテーブルとは聞き耳を立てなければ会話の詳細まで聞こえない距離だが、だからと言ってこんな場所で話す内容ではない。

初めは桜庭の爆弾発言に驚いてしまったが、変な噂《うわさ》が流れて詮索されるのではないかと心配になってくる。社長である桜庭は当然そのことも考慮し話題を選ぶべきなのに、まさか彩花が動揺するのを見るためにわざとあんなことを言ったのだろうか。

「あ、あの」

――からかうのは止めてください。彩花がそう口を開きかけた時だった。

「お待たせしました～」

絶妙のタイミングで江崎の声が割って入ってきて、ビクリと顔をあげると女性秘書と共にトレーを手にテーブルのすぐそばに立っていた。もしかして今の話を聞かれていたのだろうか。

「こちらが山本先生の分です。どうぞお召し上がりください」

江崎は彩花の前にトレーを置くと、女性秘書からもうひとつのトレーを受け取る。

「こちらが社長の分です」

その仕草はなかなか板についていて、社員食堂のはずなのに江崎の給仕はまるで高級レストランのそれだ。

トレーの上には仕切りのついたランチプレートがのっていて、何種類かの惣菜《そうざい》、一番大きな仕切りにはサラダパスタが盛り付けられ、香ばしく焼き上げられたチキンがのっている。きっと鈴原お勧めのグリルチキンだろう。ご丁寧にフルーツの小鉢に小さなプリンまで添えられていて、社食というよりお洒落カフェランチで、鈴原や片平の言う通りなかなかのものだ。

しかし桜庭は皿を覗き込むなり、江崎に不機嫌な顔を向けた。

「おい、江崎。俺のサラダにブロッコリーとニンジンが入ってる」

たった今交際を申し込んできた人とは思えない口調で言うと、桜庭は添えられていたフォークを取り上げて、ブロッコリーとニンジンを皿の端により分け始める。まるで子どものようだと思いながら彩花は口を開いた。

「好き嫌いはダメですよ、緑黄色野菜は疲労回復にいいんです」

「……」

「ニンジンはカロテンやカリウムが豊富で老化防止や動脈硬化の予防効果があるんです。水溶性の栄養素はお湯に溶け出してしまうので、こうやってサラダとか生で食べるのが一番いいんですよ。あ、ブロッコリーは貧血にもいいですから、この前倒れたばかりの桜庭さんはちゃんと食べてくださいね」

「……」

桜庭はフォークを手にしばらく彩花の顔を見つめていたけれど、やがて諦めたように深い溜息をつくと、ブロッコリーにフォークを突き刺して、渋々と言った態でそれを口に運んだ。

すると桜庭の背後でその一部始終を見ていた江崎が、エアで拍手喝采を送ってくる。どうやら、普段から桜庭の好き嫌いに苦労しているようだ。

「あの、桜庭さんは好き嫌いが多いんですか？」

あまりにも嫌そうな顔でブロッコリーを口に運ぶ桜庭を見ていたら、不躾《ぶしつけ》かもと思いながらもつい尋ねてしまった。

そもそも、社員のために野菜がたっぷり摂取できる社食を提案した人が野菜嫌いとはどうなのだろう。

すると先ほどとは打って変わって、黙々と咀嚼《そしゃく》をして会話をしようとしない桜庭の代わりに江崎が言った。

「社長はかなりの偏食なんですよ。肉は好きですが魚はそうでもないです。焼魚煮魚よりは刺身、ああ寿司はお好きですよね。そうですねぇ、あとは甘い……ええと、我が社の商品が大好きです。ですからおふたりで食事に行かれるのなら、お肉が多くなると思いますよ。山本先生はお肉はお好きですか？」

「ええ。好きです」

兄がふたりいるせいか、子どもの頃から食卓に肉がたっぷりというのは普通のことで、それに関しては抵抗がない。それよりも江崎の母親のような口調に吹き出しそうになってしまう。どうやら彼は仕事だけでなく、桜庭のプライベート全般も管理しているらしい。

「じゃあ次は焼肉に行こう」

桜庭がぼそりと口を開く。まだサラダと格闘中で硬い表情だ。どうやら苦手なものはさっさと片付けてしまう方針らしい。

「社長。デートでいきなり焼肉はないですって。だったら、Ｐホテルの鉄板焼きなんていかがですか？　社長、お好きじゃないですか。あそこならワインも美味しいですし、ラウンジも素敵ですよ。ね？　山本先生もそちらの方がいいですよね？」

「……ええと」

なんとかふたりの食事の予定をまとめようとする江崎に、少し困惑してしまう。

今日は断り切れずランチに来ただけで、次のことなど考えていなかったのだ。それに次の約束をしてしまったら、先ほどの桜庭の突飛な申し出を受け入れることになってしまう。

というか江崎がデートの手配もしているのだろうか。まさか付き添うことはないだろうが、これだけ甲斐甲斐《かいがい》しいのだから、デートについてきたとしても納得してしまいそうだ。

するると桜庭が江崎に向かって追い払うように手を振った。

「江崎、うるさい。おまえがいると先生と話ができないだろ。いいからあっちで大人しく食事でもしてこい」

「承知しました。午後は来客がありますから、お食事が終わったら社長室に戻ってくださいね」

江崎はぞんざいな扱いに慣れているのか、彩花に笑顔で会釈するとサッとふたりから離れた。

「……」

社員食堂だから当然周りはざわついているのだが、ふたりきりになると改めてなにを話せばいいのかわからない。というか、料理が運ばれてきてうやむやになったが、先ほどの交際申し込みは本気だったのかも気になっていた。

桜庭が話題にしないのなら、このまま聞かなかったことにしてもいいだろうか。次の約束をしなければ、顔を合わせることもなく桜庭も一時の気の迷いだと考えるかもしれない。

彩花はいつのまにかサラダを制覇した桜庭が次の料理に手をつけるのを横目で見つつ、自分もフォークに手を伸ばした。

「いただきます」

サラダプレート風に盛り付けられていて、彩り豊かな野菜とチキンにはすりおろしたタマネギ入りの和風ドレッシングがかかっている。カリカリのバゲットとフルーツもついているから栄養バランスはバッチリだ。

実家の総合病院にも小さいが職員用の食堂があり、昼と夜の食事を提供している。しかしメニューは毎日日替わりで一種類のみ、希望者は予め前日までに予約をすることになっていて、予約を忘れたり急な勤務変更で利用したいときは当日枠に空きがあれば食事にありつける。

規模の大きい小さいでできることも違うのはわかるが、彩花は自分の持っていた社員食堂の概念がすっかり覆されてしまった。

これが会社の福利厚生として無料で利用できるなんて、社員の満足度も高いだろう。

「とっても美味しいです。こちらの社員さんは皆さん幸せですね」

そう本音を口にすると、サラダからの流れで浮かない顔だった桜庭の表情が緩んだ。

「実は俺もここを利用するのは初めてなんだ」

「え？　でもここは桜庭さんが社長に就任されたときに提案して作られたと聞きましたけど」

「ああ、仕事とはいえ菓子の試食ばかりしていたら栄養バランスが偏るからね。社員の健康を守るのは、ひいては会社の健全な運営にも繋《つな》がってくると思うんだ」

なるほど素晴らしい考えだ。しかしその発案者が過労で倒れたり好き嫌いをしているようでは、それこそ社員に示しがつかないだろう。

「じゃあこれからはご自分の健康も考えて、毎日こちらでお食事を召しあがった方がいいですよ。頑張ってお野菜も食べてくださいね」

「俺も最初はそのつもりだったんだが……よく考えたら休憩時間に社長がうろうろしていたら、休まるものも休まらないだろうと思ってね。たまには社長の悪口を言いたい日もあるだろうし」

最後の言葉を敢えて小さく早口で言うと、桜庭は確かめるように周りを窺ってから、彩花に向かってニヤリとして見せた。

ずっと硬い表情だった桜庭の、こんな子どもっぽい一面を突然目にして、思わず笑いがこみ上げてしまい、彩花は小さく声を漏らした。

「ふふふっ」

すると桜庭がわずかに目尻を下げて唇を緩めた。

「君はそんなふうに笑うんだな」

「え？」

初対面のときとは違う柔らかな笑みに、彩花の鼓動が大きく跳ねる。そんな表情をする人だとは思わなかったのだ。

「この前は怒鳴られただけだったが、これからはもっと君のそんな笑顔が見られたら嬉しい」

「……っ」

不意打ちのように投げかけられた言葉に胸がキュッと締めつけられてしまい、口に運びかけていたフォークを取り落としそうになり、ギュッと握りしめる。

ついさっき不機嫌に江崎を追い払った人とは思えない甘ったるい言葉に、彩花は頬が火照ってくるのを感じた。

「な、なに言って……」

「君が付き合ってくれるなら毎日ちゃんと食事をすると約束する」

「……！」

それは先ほどの交際の件を言っているのだろうか。それともただ昼食に付き合うという意味と考えてもいいのだろうか。

動揺していることを悟られたくなくて慌てて目をそらしたけれど、うまく言葉が出てこない。しかし桜庭はそこまで彩花を動揺させたつもりもないのか、そのまま食堂をリニューアルしたときの話題へと移ってしまう。

男の人の態度や言動でこんなにドキドキするのはいつぶりだろう。ひどく新鮮な気がして胸の奥が擽《くすぐ》ったいような不思議な感覚にいつまでも心臓の音が大きく響いていて、そのあとは食事の味もよくわからないほどだった。

3

あの社員食堂でのランチのあと、すぐにまた江崎を通じて昼食に誘われた。

次の誘いは断るつもりでいたのだが、桜庭が江崎に彩花と一緒なら食事の時間を作ると言ったらしく、江崎が嬉々《きき》として健康管理室を日参するようになったのだ。

毎日江崎が健康管理室を訪れていれば自然と他の社員の目にもとまるようになる。さらに心配していた通り、社員食堂での桜庭の発言を耳にした社員たちから噂《うわさ》が広がって、面談に来た社員にまでふたりの関係についてさぐりを入れられるようになってしまった。

他にも自意識過剰と言われるかもしれないが、出退勤のときに女子社員の視線を感じて落ち着かない。スマイル製菓に産業医として着任してからこれほど注目されるのは初めてで、とりあえず江崎の来訪を阻むためにも、断るより昼食に同席した方が楽だと半ば投げやりになった部分もあった。

その代わりに、次の面談の準備もあるので社外での昼食はNGと条件を出した。桜庭が社内食堂を積極的に利用したい雰囲気ではなかったから運がよければ向こうから断ってくるだろうと期待していた。それどころか彼にはまったく通じておらず、そもそもの考え方が違っていた。

　つまり社外に出られなければ呼べばいいということで、桜庭が行きつけの店や江崎が探してきた話題の店のランチを取り寄せて彼の部屋で、つまり社長室で昼食を共にすることになったのだ。

　正直自分から社内でなら同席すると条件を出したものの、万が一社食で食事となったらまた新たな注目を集めてしまうことも心配していたので、社長室を提案されたときは少しホッとしてしまった。

　初めて社長室に招かれたときに準備されていたのは、桜庭お気に入りのアメリカに本店があるステーキハウスのお弁当だった。お弁当の隣には透明の蓋付きプラスティック容器に入った、生クリームが添えられたチョコレートケーキが入っている。

　彩花も名前ぐらいは耳にしたことがある高級店だが、気軽にテイクアウトランチというお値段ではなかった記憶があり、思わず尋ねてしまった。

「ここって……六本木にある有名なお店ですよね？」

「ああ、ここはTボーンステーキで有名な店なんだ。行ったことはある？」

嬉《うれ》しそうという形容がぴったりの顔でテイクアウトの容器を開けるのを見て、彩花は首を横に振った。

「いいえ。雑誌かなにかで見ましたけど、敷居が高そうな気がして」

「じゃあ今度は一緒に行こう。やはり店で食べるのが一番うまいからね」

当たり前のように外食に誘われ返事に戸惑う彩花に、江崎が助け船を出してくれる。

「テイクアウト自体はやっているのですが、こちらのお弁当は特注なんですよ。今日はサーロインステーキにライスとサラダ付きで準備してもらいました。先生がパンの方がお好きでしたら、次回はハンバーガーなどもご用意できますよ」

江崎はそう言いながら、彩花の前に冷たいお茶のグラスを置いた。

「……ありがとうございます」

高級ステーキハウスのハンバーガーなんてどれだけ美味しいのか気になるところだが、毎回このレベルの食事をご馳走《ちそう》になるのは気が引ける。社食の延長か、もう少し庶民的なお弁当だと思っていたが、桜庭は育ちも良さそうだし感覚が違うのかもしれない。

「さあ彩花さん、遠慮しないでどうぞ」

「……！」

桜庭にいきなり下の名前で呼びかけられてドキリとする。まだ名前で呼ばれる距離感だと思っていなかったから、面食らってしまったのだ。

この場合、あまり親しくないのに名前で呼ばないで欲しいと注意した方がいいのだろうか。しかし呼び方など許可制ではないし、いちいちケチをつけるのも狭量な気がする。

ぐるぐると思い悩んでいることに気づいたのか、向かい合って座っていた桜庭がわずかに眉を上げ表情を変えた。

「もしかして名前で呼ばれるのは嫌だった？」

「えっ⁉　いえ、そういうわけでは……」

「仕事の時間外に先生なんて呼ばれたら落ち着かないと思ってね」

そんな気遣いをされて断ったら、彩花の方こそ感じが悪く見えてしまう。というかドキリとしてしまったのは一瞬だったのに、桜庭はマイペースに見えて意外にこちらを観察しているらしい。

しかし、そのあとの江崎の言葉に彩花は噴き出しそうになった。

「というのは建前で、社長が先生の名前を呼びたいだけですよね？　くれぐれもセクハラには気をつけてくださいね」

まるでイタズラが見つかったときの子どものようなギクリとした表情の桜庭を見て、堪えきれずクスクスと笑いがこみ上げてしまう。

やっぱり少し変わった人だ。恋愛に慣れていて強引なのか、逆に女性とあまり親しくしたことがないのかと勘ぐってしまいそうだが、いきなり名前を呼ばれたことを気にしているこちらの方がバカらしくなってしまう。

それに桜庭と会うのは昼食のときだけだし、この状況を一番理解している江崎がこんな冗談でフォローしてくれるのだから、これ以上彩花が拘るのは、桜庭に恥をかかせてしまいそうだ。

彩花はクスクスとこみ上げてしまう笑いをなんとか収めると、豪華すぎるお弁当の前で両手を合わせた。

「では、お言葉に甘えていただきます」

さっそくミディアムレアに焼かれた肉厚のサーロインにかぶりつく。柔らかな食感と口の中にじゅわっと広がる肉汁と脂の甘みに、先ほどの笑いとは別の意味で口元が緩んでしまう。

「美味しい！」

こんな美味しいステーキを食べるのは初めてかもしれない。テイクアウトでこれだけ美味しいのなら、確かに桜庭の言う通り店で焼きたてを味わってみたくなる。

彩花が美味しそうに肉を頬張るのを見て、桜庭も満足げに自分の弁当を食べ始めた。

食事中なのだから無理して話題を探さなくてもいいのだが、人の話を聞くのが仕事なこともあり、つい沈黙が気になってしまいズバリ聞いてしまう。

「どうして私なんかと一緒に食事をしようと思ったんですか？」

最初から感じていた疑問だ。そもそも怒鳴りつけられて興味を持ったと言われて、喜ぶ女性がいるだろうか。

すると桜庭は彩花の問いに悪びれもせず前と同じようなことを口にした。

「前にも言ったじゃないか。君に一目惚《ぼ》れしたって。それに結婚を前提に付き合うなら、まずはお互いの食の好みを知るところからだと思ってね」

「えっ⁉　そ、それは……」

社員食堂でうやむやになっていた〝結婚を前提に〟の言葉を持ち出されて思わず口ごも

る。あのあと特に返事を求められなかったのをいいことに、彩花としては聞かなかったことにするつもりだったのだ。

　そもそも会ったばかりでお互いのこともろくに知らないのに結婚を申し込む人なんて、信じられないと思っていたのに、気軽に昼食の誘いに応じてしまった自分の浅はかさに恥ずかしくなった。

「ええとですね、いきなり結婚前提と言われても、私は桜庭さんのことをなにも知りませんし、桜庭さんもそうですよね？　もしかしたら私がすごーく性格の悪い女かもしれないし、実はとっかえひっかえ色んな男の人と関係を持つ、身持ちの悪い女だったらどうするんですか？　ほら、社長の財産目当てとか、玉の輿《こし》狙いとかよく聞くじゃないですか！」

「俺の経験で言えば、自分で自分を悪者という人に本当に悪い人間がいたことはないから大丈夫だ。それに君が財産目当てなら、俺の申し込みは大歓迎のはずだろ」

　確かに財産目当てならスマイル製菓の社長で相手に不足はないし喜んで申し込みを受けるかもしれないが、彩花という人間を知らない桜庭が大丈夫だと言い切る根拠がわからない。

「つい先日まで口を利いたこともなかったのに、簡単に信用されても困ります！」

　彼の自信たっぷりな顔になぜか苛立ってしまい、派遣先の社長だということも忘れて強い口調で言い返してしまった。

「ほら、そういうところが気に入ったんだ」

「は？」

〝そういうところ〟がなにを指しているのかわからない。どうしてこんなにも話がかみ合わないのか、彩花は無意識に顔を顰《しか》めてしまった。

「もしかしてわざと悪い人間ぶって俺を遠ざけようとしてるのかな？　それなら逆効果だ。俺は逃げられると追いたくなるタイプで、どうやって君を俺のものにしようか逆にやる気が出てくるからね」

「……」

つまりは結婚を前提にお付き合いをしたいというのは、冗談や一時の気の迷いではなく本気だと言いたいらしい。しかしワーカホリックの社長というぐらいしか彼のことを知らないのに、じゃあお付き合いしましょうと返事ができるはずがない。

「そ、それよりちゃんと休んでますか？　適度に休んできちんと食事しないとだめですよ」

わざとらしいとは思ったが、これ以上このやりとりを続けたくない彩花は、強引に話題を変えた。

「君が付き合ってくれるから、こうしてちゃんと食事はしてるよ」

「……っ」

彩花の抵抗に気づいていてわざわざ話題を戻してくる。

「そ、それだけじゃないです！　この前倒れた原因は過労でもあるんですから、夜もちゃんと睡眠をとってですね」

「君が添い寝してくれるのなら、よく眠れるかもしれないな」

「な……！」

やっぱり話題を引き戻されてしまう。余裕たっぷりの態度に、からかわれているような気分になった。

先ほどセクハラうんぬんと言っていた江崎はどうして助けてくれないのだろうと思ったが、いつの間にかその姿は消えている。

「そ、そういう冗談は嫌いです！」

彩花は思わず強く言い返してしまった。

「冗談じゃない。本気で言ってるんだ」

「……」

真っ直ぐに見つめられて心臓がドキリと大きな音を立てた。そう、本当は最初から結婚前提云々《うんぬん》の言葉を、彼が冗談で口にしたのではないと気づいていた気がする。

でも自分は彼の本気に応える心の準備ができているとは思えない。今すぐ目の前の男性と付き合うなんて、やはり想像できなかった。

「彩花さん？」

問いかけるように名前を呼ばれて心臓が大きく跳ねる。もうこれ以上桜庭と向き合っているのは限界だ。

「し、仕事があるのでこれで失礼します！　ごちそうさまでした!!」

早口でそう叫び、気づいたときにはパッと身を翻し社長室を飛び出していた。するとすぐ外の控え室のデスクで食事を取っていた江崎が目を丸くする。

「先生？　もうお帰りですか？」

「え、ええ……し、仕事があるので」

嘘《うそ》はついていない。少し早く戻るだけだ。

後ろめたさと今にも桜庭が追いかけてくるのではないかという不安に、江崎と視線を合わせず、逃げるように重役フロアを後にした。

彩花は健康管理室の自分の椅子に座るなり、脱力して深い溜息《ためいき》をついた。

どうして後ろめたく感じてしまったのか。それはその気もないのに、桜庭の言葉にときめいてしまったからかもしれない。

恋愛に興味がないといえば嘘になるが、学生時代は勉強ばかりしていたし、男性との交際経験は少ない。

それに関しては、自分の家族構成にも多少問題があったのではないかといいわけしたい気持ちもある。

横浜で病院を経営する父は、子どもたちが都内医学部に通うためにマンションを用意してくれた。実際兄二人もそこから大学に通い、一時期大学病院に勤務していた。

当然彩花も同じようにマンションから大学に通い、今もそこに住んでいる。つい最近まで大学病院に勤務していた次兄が一緒に住んでいたこともあり、同居期間中はなんだかんだと兄の目が気になり、あまり羽目を外して遊んだという記憶はない。

半年ほど前、結婚を機に実家の病院勤務に変わり引っ越したことから、最近やっと人生初の一人暮らしを始めたばかりだった。

すべてを兄のせいにするわけではないが、恋愛をしづらい環境だったことは否めない。だからこそ突然目の前に降って湧いた恋愛話になにも答えられなくなってしまったのだ。

食事の途中で部屋を飛びだしてきてしまったし、もう桜庭から食事に誘われることはないだろうと考えていた。しかし二日ほどして、何事もなかったように江崎が桜庭からの次の誘いを伝えるために健康管理室に姿を見せた。

しかもなぜか鈴原と江崎がすっかり意気投合してしまい、彩花の代わりに勝手に予定をすりあわせるようになってしまったのだ。そこで断り切れない彩花も悪いのだが、気づくと桜庭と週に二、三度ランチタイムを一緒に過ごすようになってしまった。

鈴原曰《いわ》く、社長がちゃんと食事をしているのか監視するのも健康管理室の医師である彩花の仕事だというのだが、明らかに面白がっているように見える。

少しでも断りたい素振りを見せると、まるでこれを逃したら彩花が一生独り身だとでもいうような勢いで言い返されてしまうので、抵抗するのも面倒になってしまった。

しかし鈴原の意見にも頷《うなず》ける部分はある。江崎の話では、桜庭は普段から無理をするタイプのようだし、昼食以外の時間帯で彼がどんな食事をしているのかが気になったからだ。

昼食を見る限り肉類が多く、三十代の桜庭はそろそろ脂質のとり過ぎに注意しなければいけない年齢だ。社員食堂で同席した時に野菜が好きではないと言っていたし、仕事柄夜の付き合いも多そうだが、そういった場だと自身で酒量を管理するのも大変だろう。

なによりたくさんの社員を抱える企業の代表として、人一倍健康に気を配るのは当然のことだ。

彩花は仕事の合間を縫って、桜庭が積極的にとったほうがいい食材や、外食や酒宴で選んだ方がいい料理のリストを作った。

彼がそれを受け入れてくれるかは別として、やはり医師としては一言アドバイスしておきたいところだ。

「よし、印刷っと」

彩花は書類の印刷ボタンを押してから大きく伸びをした。

すでに退勤時間は過ぎていて、小さな子どもがいる鈴原は定時で退勤している。彩花もこれを秘書室に届けたら帰宅するつもりだった。

昼食の時に手渡してもよかったのだが、桜庭に変な期待をさせたくなかったので、控え室にいる江崎か他の秘書に渡してもらおうと思ったのだ。

そんなことを考えること自体桜庭を意識しているのだと気づかないまま、彩花は帰り支度をして重役フロアに向かった。

社長室の控えの部屋を覗《のぞ》くと、いつも通り江崎が座っていて彩花を見て驚いたように眉を上げた。

「山本先生？　こんな時間までどうしたんですか？」

「お疲れさまです。今、大丈夫ですか？」

「もちろんです」

そう言いながら立ち上がる。

「あ、もしかして社長とお約束でしたか？　今ご案内を」

「ち、違うんです。あの、これを江崎さんにお渡ししようと思って……」

印刷物を差し出しながら、もしかしたらわざわざ届けに来た方が気にかけていると誤解させてしまうかもしれないと気づく。昼食の時に何気なく渡すとか、メールで業務連絡のように送った方がよかったと気づいたが、いまさら後悔しても遅いだろう。

「なるほど。いつも桜庭のことをお気遣いいただきありがとうございます。でもこれは受け取れません」

印刷物に視線を走らせた江崎の言葉に、彩花は思わず眉を寄せてしまう。

「え？」

「先生から直接渡してくださった方が桜庭も喜ぶと思いますよ」

「……」

桜庭を喜ばせたくないから江崎に頼むつもりだった彩花の心を読んだような発言にドキリとする。

「桜庭に先生がいらしていることを知らせてきますので少々お待ちください」

「あ、わざわざ言っていただく必要は……」

「いいえ。そういうわけにはいきません」

「で、でも」

彩花が断る間もなく江崎は扉の向こうに消えてしまった。

そもそも自分はなぜこんなに頑なに桜庭と距離を取ろうとしているのだろう。

今はまだかろうじて雇用主と契約の医師という関係を保っているが、自分はその一線を越えてしまうのが怖いのかもしれない。

うまく理由は説明できないけれど、何度か話しているうちに彼が魅力的で好感の持てる男性だと感じるようになっていたし、これ以上親しくなった時自分がどんな気持ちになるのか不安だった。

「山本先生、どうぞ」

戻ってきた江崎に入室を勧められ、彩花は少し躊躇《ちゅうちょ》してから扉に手をかけた。

「……お疲れ様です」

入口から覗き込むようにして声をかけると、いつも硬い表情の桜庭が、彩花を見た瞬間わずかに眉間が開き表情を緩めたことに気づいてしまう。目が合ったとたん、彩花の心臓が大きく跳ねて息が苦しくなった。

これは思っていたより危険かもしれないと思いながら部屋に足を踏み入れた。

「彩花さん、まだ会社にいたんだ」

「え、ええ。ちょっとまとめなければいけない書類があったものですから。それで……ついでに桜庭さんにもこちらをお渡しできたらと思って」

彩花は〝ついで〟であることを強調しながら印刷物を桜庭に手渡した。

「これ……俺のために作ってくれたの？」

「け、健康管理室の医師としては当然ですから、桜庭さんだけが特別ってわけじゃ」

明らかにいいわけがましくて、逆に桜庭が特別だと言っているようなものだ。思わず口を噤《つぐ》むと、桜庭がフッと唇を緩めた。

「彩花さん、この後の予定は？」

「え？　家に帰りますけど……」

「じゃあ食事に行こう。お礼をしないとね」

桜庭はそう言うとデスクの電話に手を伸ばし、江崎に店の手配を頼んでしまう。

突然の問いに予定がないと答えてしまったが、いつの間にか一緒に食事に行くことになってしまったらしい。

断ることもできたけれど、明らかにいそいそと帰り支度を始めた桜庭を見て言い出せなくなってしまった。

江崎の運転で案内されたのは、以前話題に上がったPホテルの鉄板焼きレストランで、店の入口に立つとこちらから声をかける前に、店の支配人とおぼしき男性が頭を下げて出迎えてくれた。

「桜庭様、ようこそいらっしゃいました」

「ああ、急に悪かったね」

「いいえ。スタッフ一同ご来訪をお待ちしておりました。ご案内いたします」

支配人はかなり親しげで、桜庭はこの店の常連のようだ。江崎も桜庭のお気に入りの店だと言っていた気がする。

案内されたのは半円になった鉄板が設置された席で、円の内側にシェフが、そして外側に客が座れるように椅子が配置されている。鉄板は三つに区切られていたが、そのテーブルには彩花たち以外の客はいなかった。

途中チラリと他の客席も見えたがほぼ満席状態だったから、こちら側はＶＩＰ席のようだ。桜庭の社会的地位や支配人とのやりとりを見ていれば、ほぼ間違いないだろう。

まったくのふたりきりなら不安だが、目の前でシェフが焼いてくれるスタイルだったので、これならあまり込み入った話ができないだろうとホッとする。

桜庭がお任せのコースを注文し、程なくして赤ワインのボトルとグラスが運ばれてきた。

「勝手にワインを頼んだけど、お酒は大丈夫？　飲めないならソフトドリンクも頼めるが」

グラスを見てからしまったという顔をした桜庭を見て笑顔で首を振った。

「大丈夫です。ワインは好きなので」

「よかった。ひとりだとボトルは開けられないから」

「いつもはおひとりでいらっしゃるんですか？」

「江崎を付き合わせるときもあるけど、ひとりが多いな。ここはプライベートで利用したい店だから、仕事関係の人間は誘わないんだ」

つまり今日は仕事の延長ではないと言いたいのだろう。プライベートと言われると急に緊張してしまうが、桜庭自身は特にそれを意識しているように見えなかった。

シェフが目の前で調理を始めたのを眺めながら、好きなお酒の種類や苦手な食材はあるのかなど質問され、他愛のない話に彩花もリラックスして応じる。

男性とふたりきりで食事をするなんて久しぶりなのに、思いの外緊張していないことに驚いたが、それは桜庭の持つ飾らない雰囲気のせいかもしれなかった。

初めて会ったときはワンマンそうだとか、厳しそうだとかあまりいい印象を抱かなかったが、今は表情が変わらないだけで、感情の変化がはっきりしている人だと思うようになった。

明らかにお坊ちゃん育ちで傅《かしず》かれることに慣れているはずだが、終始彩花を優先してくれるし、サービスを受ける態度も横柄ではない。デートの相手として文句なしだ。

そこまで考えて、自分がこの食事をデートだと思っていることに恥ずかしくなった。

肉好きの桜庭と一緒だからてっきり肉が出てくると思ったが最初はシーフードで、ヤリイカのソテーから始まり、伊勢《いせ》エビの蒸し焼きと続き、柑橘《かんきつ》系のドレッシングがかかったサラダが運ばれてきた。

そのあとやっと肉の出番で、霜降り肉の和牛のステーキが目の前で焼き上げられていく。

不思議なもので、目の前で調理されるといつもより食欲が刺激される。すでにいくつか料理を口にしているというのに、目の前で焼き上げられるピンクがかった肉を見たらワクワクしてしまった。

「美味しそう！」

「よかった。ここはデザートも美味しいから楽しみにしているといい」

桜庭は食欲旺盛な彩花を見て満足そうだが、あまりにもがっつきすぎただろうかと少し恥ずかしくなった。

兄がふたりいるせいか、男性と同じようにがっつりと食べてしまうクセがある。女友達と食事に行くと、その食事量に驚かれることもあった。

彩花がおずおずとそのことを口にすると、桜庭は優しく唇を緩める。

「お兄さんはなにをしている人なの？」

そう尋ねられて、自分と桜庭はお互いのことをなにも知らないことに気づいた。

彼のことで知っていることと言えばスマイル製菓の御曹司で、二年前に会社を継いだのと、ワーカホリック気味だということぐらいだ。他には野菜が苦手で肉が好き、家族の話は耳にしたことがなかった。

「うちは父が医師で、横浜で総合病院を経営しているんです。兄たちも大学卒業後に都内の大学病院でしばらく働いていたんですが、ふたりとも結婚を機に実家の病院に入りました。下の兄とは去年までは親が用意してくれたマンションで一緒に住んでいたんですけど、今は一人暮らしです」

「へえ、ドクター一家か。彩花さんも将来は実家の病院を手伝うの？」

「うーん。別に無理に戻ってこいとは言われていないので迷っているんですけど……大学病院の上司は、このまま大学に残ってもかまわないって言ってくれているので」

「そうなんだ。うちは大学病院と二年ごとに更新という契約をしているけど、彩花さんは社員たちにも評判がいいし、このまま残ってもらえたら嬉しいと思っているんだ」

それは嬉しい申し出だが、間に大学病院が入っている以上、契約が終われば大学病院に戻ることになるだろう。彩花自身がどうしても続けたいと言えば教授は承諾してくれるかもしれないが、もう一度臨床医として働きたいとも考える。

医学は日進月歩で毎日のように新しい治療法や薬が発表されるし、産業医として働いているからこそ、もう一度病院で患者と接してみたいと考えるようになった。

契約が切れたあとどうしようか漠然と考えていた彩花は、桜庭の言葉にそろそろ真剣に身の振り方を考えなければと思った。

コースの最後はデザートで、シェフが目の前で薄い生地を焼きだしたのを見て、彩花は目を丸くした。もしかしたらと思っているうちに目の前でオレンジの皮がクルクルと剝かれて、その上からブランデーが注がれる。皮を伝って青い炎が燃え上がり、彩花は思わず歓声をあげた。

「お待たせしました」

デザートはクレープシュゼットでアイスクリームがたっぷり添えられている。口に運ぶとクレープの温かさとアイスの冷たさが絶妙に混じり合ってとても美味しい。

「気に入った？」

「はい！　美味しいです！」

力一杯頷くと桜庭の顔が子どものように笑み崩れた。

「……っ」

最初に彼に抱いていた印象とは違う無邪気な顔に、不覚にもドキリとして胸がキュッと締めつけられる。こんな顔を見せるほど桜庭が自分に心を許してくれているのだと思うと嬉しくなった。

桜庭といるといつの間にか心が無防備になって、気づくとその隙間からなにかが潜り込み、少しずつ侵略されていく気がして、彼の笑顔を見ていると冷静でいられなくなる。感情の波が勝手に上下して胸が高鳴ってしまうのだ。

「俺もここのデザートが大好物なんだ。オレンジピールの風味が好きでね」

するとシェフがにこやかに言った。

「桜庭様、おかわりをお作りしても？」

「ああ、頼むよ。彩花さんは？」

美味しいけれどコースの最後のガーリックライスとスープまで残さず食べているので、すでにお腹は満腹状態だ。唇に笑みを浮かべて首を横に振ると、シェフが心得たように頷いた。

「ではお一人分ご用意させていただきます」

「アイスクリームもたっぷり頼むよ」

「かしこまりました。いつものように」

にっこりと微笑んだシェフの言葉に、彩花は桜庭の顔をまじまじと見つめた。

「もしかしていつもデザートのおかわりを頼んでいるんですか？」

「まあね」

そういえば彼と食事をするときは、いつも甘いものがセットになっていることを思い出す。初めて社長室で食事をしたときも、ステーキ弁当だけでもボリュームがあったのに、濃厚なチョコケーキが添えられていたのだ。

「桜庭さんって……甘党だったりします？」

「……まあ、一般の男性に比べれば、多少は」

控えめな言い方だが、コースのデザートをおかわりする時点でかなりの甘党だろう。というか、このあまり感情が表れない硬い表情で、実はデザートを堪能しているのだと思うとなんだか急に彼が可愛らしく思えてしまった。

「お肉も大好きでスイーツも好きなのに、ちゃんとスタイルを維持されているんですね。なにか運動とかされているんですか？」

彩花は頭の中で、桜庭の健康診断の数値が問題なしの正常値だったことを思い出しながら言った。

「マンションに住民用のジムがあるから、気が向いたらそこで走ったり、筋トレするぐらいかな。ストイックに続けられるタイプじゃないから、気が向いたらという程度なんだ」

「それでも運動するように心がけているのはすごいです。私は休みだと思うとダラダラしてしまって、気づくと夕方で慌てて買い物に出掛けたりするので」

ジム完備ということはかなり高級マンションの部類だろう。両親が彩花や兄のために用意してくれたマンションも学生が住むには高級な部類に入るが、さすがにそこまでの施設はない。

「でもドクターは勉強することが多いから、休みも学会やら勉強会に参加すると聞くよ。忙しいんだろう?」

「そうですね。でもちゃんとしている先生はそれでも時間を作ってジムに通ったり趣味に勤しんだりしていますから、私は怠け者なんですね」

彩花は苦笑いを浮かべる。

週末に実家に顔を出すのも億劫《おっくう》で母からよく電話がかかってきたり、たまに兄たちが様子を見にマンションまでやってくることは、恥ずかしいので黙っておいた。

「じゃあ今度一緒に運動しよう。いきなりマンションのジムじゃ気にするかもしれないから、うちの会社の福利厚生で利用できるジムとか。彩花さんは誘われたら断れないタイプだから誰かに引っぱり出されたら行くしかないと考えるだろ?」

確かにその通りだが、いつの間にそこまで性格を把握されてしまっていたのだろう。

「どうしてそんなことがわかるんだって顔してるな」

「えっ」

考えていたことをズバリ言い当てられて、思わず声が漏れる。恥ずかしさに手で口元を覆うと、桜庭がクスクスと笑いを漏らした。

その笑い声がひどく新鮮で心臓が大きく跳ねる。ワインもだいぶ進んでいるからそれで上機嫌なのかもしれないが、彼がこんなに自然な笑いを漏らすのは初めてだった。

「だって、俺が食事に誘うと君は断りたそうな顔をしながら、結局いつも付き合ってくれるじゃないか」

「!!」

断りたいと思っているのに気づかれていたことが恥ずかしくて、彩花は頬を赤くした。

桜庭の言う通りで、いつも今回限りで断ろうと思っているのにいつの間にか桜庭と昼食を共にするのに慣れてしまったし、今日だって断りたいと思いながらついてきてしまった。

「それって私のこと……ちょっと押せばついてくるちょろい女だとか思ってます？」

彩花は思わずそう聞くと、桜庭は一瞬目を丸くしてから噴き出した。

「そんなこと思うわけないだろ。俺が強引に君のことを誘ってるんだから」

桜庭は自分を茶化すように笑ったけれど、強引さはあまり感じたことはない。どちらかというと、きちんと断ることのできない彩花の方が悪いのだ。

意志が弱い方ではないし、先日のように初対面の男性を怒鳴りつけるような気の強いタイプだ。でも考えてみると、男性からの押しには弱いのかもしれない。

しかも今は、お酒を飲んで気が緩んだ桜庭の笑顔にもドキドキしてしまっている。

「それにしても、俺はそんなに女性の隙につけ込むようなタイプに見えるんだな」

「そ、そんなことないです」

彩花は大袈裟なぐらい大きく首を横に振った。

最初は戸惑っていたし、今日だって会社を出るときは断りたくて仕方がなかった。でも実際桜庭と他愛ない話をしながら食事をするのは楽しかったし、美味しいものを一緒に食べるだけで心が少し近づいた気がする。

するとおかわりのデザートを食べ終えた桜庭が、カトラリーを皿に置いて言った。

「こうして君と食事をするのは純粋に楽しいんだ。自分が好きなものを、君にも美味しいって言ってもらえるのが嬉しい。同じ感想を共有できると、彩花さんに一歩近づけた気がする。ああ、こんなこと言うと女性には女々しいって思われるかもしれないな」

彩花もまさに同じことを考えていたので、無意識に考えていたことを口にしていたのかと驚いてしまった。

自嘲気味に笑う桜庭を見て、彩花は首を大きく横に振った。

「……私もそう思います」

「え？」

「ほら、昔は毒を盛られるかもしれないから信用できる人としか食事をしなかったたって話、聞いたことありません？　もちろん桜庭さんは毒を盛らないでしょうけど、こうして何度も食事をするのはそういうことかなって」

「それって、彩花さんが俺を信用してくれてるってこと？」

わずかに探るような色が滲《にじ》んだ言葉に、彩花はきっぱりと言った。

「それは、最初からしてますよ。だって、桜庭さんは間接的にですけど私の雇い主だし。それに私だっていくらちょろい女だとしても、本当にヤバそうな人と何度も食事なんてしません。今週なんて三回も一緒にお昼を食べたじゃないですか」

少し変わった人だとは思うけれど、彼のことを危険だと感じたことはない。強いて言えば、お坊ちゃま気質というか、江崎をはじめ人に世話を焼かれることに慣れている人だとは思う。

それに彩花に対しての好意を隠そうともせずはっきり口にするのは少し変わっていると思うが、世に言うヤバイ人というのとは少し違った。

育ちがいいから、駆け引きがないとでも言えばいいのだろうか。

「なるほどね。じゃあこれからは雇い主としてじゃなく男としても信用してもらえるよう努力しないと」

「そ、それは……」

その言葉に自然と頬が熱くなる。桜庭との食事をただ楽しんでいたが、彼に交際を申し込まれていたことを思い出してしまった。

「大丈夫。じっくり考えてくれてかまわないよ。その代わり俺は付き合ったらかなり重い男だって自覚はあるから、彩花さんもそれを覚悟して返事をして欲しい」

「……」

愛情が重いと言いたいのだろうか。四六時中一緒にいたいとか、毎日好きと言って欲しいとかそういうタイプの男性なのかもしれない。

確かに江崎経由とはいえまめに昼食に誘われるし、お互いの距離を近くに感じていたいのだろう。付き合ったら、会えない日は毎日のように電話やメッセージを送ってきそうだ。

今までそんなタイプの男性と付き合ったことはないが、最初にワンマン社長の印象だった桜庭がそうだとしたら、ある意味ギャップが魅力的かもしれない。

「また食事に誘ってもかまわない？」

この流れで頷いたら桜庭の気持ちを受け入れたことにならないだろうか。彩花が身構える空気に気づいた桜庭が小さく笑いを漏らした。

「大丈夫。じっくり時間をかけて考えてかまわないって言っただろ？　今はただ君と楽しい時間を過ごしたいだけだ」

「そ、そういうことなら……」

そう口にしてなんだかもったいつけているようで、自分が嫌な女に感じてしまう。

「いえ、誘ってもらえるのは嬉しいです。私も、今日は楽しかったので」

彩花は慌ててそう言い直した。するとまた桜庭が笑いを漏らす。

「やっぱり彩花さんは素敵な人だね。最初に俺を怒鳴りつけたときも思ったけど、真っ直ぐで誠実な人だ」

「……っ」

面と向かって口にされるには恥ずかしすぎる褒め言葉だ。男性に手放しで褒められるのは生まれて初めてで、こういうときどんな返事をすればいいのかわからない。

いま彩花にわかるのは、桜庭が本気で自分を口説こうとしているということだった。

最初は冗談でからかわれているのだと思ったけれど、こうして何度も食事をして彼と言葉を交わしていれば、いくら恋愛に無関心だった彩花でも彼が本気だということがわかる。

桜庭は優しいから強引に返事を迫ることはないけれど、そんな彼の優しさや真摯な気持ちに、すでに心は半分ぐらい彼に傾き始めているのにも気づいていた。

「も、もう……あまりそういうことは言わないでください」

「どうして？」

「そういうこと言われるのに慣れてないんです！　それに食事をするのはいいですけど、いつもお肉やスイーツばかりじゃなく野菜も食べてくださいね？　たまにならいいですけど、毎日今日みたいな食事をしていたら、いくら運動していても身体によくないですから」

「それなら君がちゃんと食事を管理してくれないと」

「は？」

「君と一緒ならバランスのいい食事もするし、休養も取る。なんなら一緒に暮らしてくれてもかまわないよ」

「ま、またそういうことを……！」

さっき待つと言った口でこんなことを言うのだ。というか、最初に社員食堂で食事をしたときの発言が普通の人と違って面食らったはずなのに、今はなんだかいい雰囲気に流されて、桜庭が元々こういう人だったことをすっかり忘れていた。

お互いのことをほぼ知らない状態で結婚を前提に付き合ってほしいと言われ正直ドン引きしたのだが、今はその時ほど嫌ではない。

人の気持ちはこんなに簡単に変わるのだと思いながら、桜庭の笑う横顔を見つめた。

4

ふたりきりで食事をした夜から、彩花の桜庭に対する考え方や気持ちがはっきりと変わった。うまく説明はできないが、閉じていた心の扉を自分から開いたという感じだろうか。

　相変わらず二人で過ごすのは昼食の時間だけだが、以前より隔たりが取れて、身構えず、リラックスして会話ができるようになった気がする。

　もともと気になったことははっきりと注意する質なのだが、桜庭の食事内容に関しては手配をする江崎にも事細かく意見するようになった。

　まだ恋人になるとは決めていないし友人の域を出ない付き合いだが、たとえ友人でも健康でいて欲しいのは一緒だ。しかしあれこれ頼まれる江崎は迷惑かもしれないと、健康管理室の受付で鈴原と立ち話をしているところでそれとなく尋ねてみた。

「迷惑だなんてとんでもない。それどころか山本先生のおかげで社長にあれこれ口うるさく言う必要もなくなりましたし、感謝しているんです。もうお気づきだと思いますけど肉が好きで野菜が嫌い。その上スイーツが大好物でデザートが必須なんて生活習慣病まっしぐらじゃないですか」

「確かに」

クレープシュゼットをおかわりした桜庭を思い出し、クスクスと笑いが漏れてしまう。

「食事の習慣って本人が意識してくれないと変わらないものですから、周りの人間の方がヤキモキしますよね」

「そうなんですよ！　私も何度も注意したんですけど、聞く耳持たずで……その点、先生がおっしゃっていたといえば、渋々でも納得してくれるので本当に助かってます。まさに鶴の一声ってやつですね」

少し大袈裟《おおげさ》な気もするが、江崎が迷惑がっていないことにホッとした。

「あまり我慢ばかりだとリバウンドしてしまうこともあるので、なんでもかんでも禁止しなくても大丈夫ですよ。たまには息抜きにスイーツとか好きなものを食べに行くのも許してあげてくださいね」

「承知しました」

するとその翌日のランチタイムに、桜庭が新たな提案をしてきた。

「彩花さんの都合がいい週末に、スイーツビュッフェに行かないか？」

「え？　私はかまいませんけど、突然どうしたんですか？」

「江崎が、たまになら好きなものを食べてもかまわないと君が言っていたというから」

彩花はなるほどと頷《うなず》いた。江崎はさっそく手綱を緩めることにしたらしい。

「もしかしてこれまでもスイーツビュッフェに行かれたことがあるんですか？」

「ああ。さすがにひとりでは目立つから江崎と一緒にね」

「……」

それもかなり目立つ気がする。そもそもスイーツビュッフェの客層は女性のグループや若いカップルが多く、男性だけのグループは少ないのだ。

彩花も友人に誘われて何度か出掛けたことがあるが、昼下がりのホテルで女性客に交じって、柄の大きな桜庭が真顔でスイーツを選ぶ姿を想像したら、笑いがこみ上げてきた。

「ま、まさかスーツ姿で行ってないですよね？」

笑い混じりの彩花の言葉に桜庭がわずかに顔を顰《しか》めた。これは怒っているというより、困惑したり、戸惑っているときの表情だ。

最近はそんな些細《ささい》な感情の動きもわかるようになっていた。

「当たり前だろ。休日だしちゃんと目立たないように私服だよ」

桜庭はそう否定したが、たとえカジュアルな服装だったとしても、やはり目立っていただろう。背が高く整った顔立ちの桜庭はそこにいるだけで人目を惹《ひ》いてしまうのだ。

その姿を想像して、是非自分もその場に居合わせたかったとひどいことを考えてしまった。

「じゃああとでスケジュール確認してみますね。今週末は土日のどちらかで実家に顔を出すことになっているので、来週以降なら大丈夫だと思います」

そう言って別れたのが火曜日のことで、その週は桜庭の仕事が忙しくなりそのまま顔を合わせないまま週末になってしまった。

金曜日。定時をだいぶ過ぎていたが、彩花はパソコンに向かって黙々と入力作業を続けていた。

面談で対応していた社員のひとりを提携病院に紹介するための書類の準備があり、週明けすぐに連携してもらえるよう書類を整えておきたかったので、残業してこれまでの面談の履歴や気になる所見をまとめているうちにすっかり遅くなっていた。

二十代の独身女性が金曜日の夜になんの予定もなく残業というのは少し寂しい。書類の整理もひと段落ついた彩花は大きく伸びをしながら時計を見上げた。

時計は二十時を回ったところで、急に空腹を感じる。なにか買って帰ろうかと考え、明日は実家に顔を出すつもりだから、できれば冷蔵庫の中の食材を使い切りたかったことを思い出す。

「うーん、帰るか」

彩花がそう呟《つぶや》いたときだった。

「お疲れ様です」

受付の方で聞こえた男性の声に、彩花は驚いて診察室を出た。

「あ！　お疲れ様です」

受付には警備員の男性が立っていて、彩花を見るとぺこりと頭を下げた。見回りの時間なのだろう。

「お仕事中すみません。先生、まだ残られますか？　こんな時間まで残業なんて珍しいですね」

「こちらこそこんな時間まですみません。もう出ますので」

「大丈夫ですよ。社長室にもまだ人がいますし、お手数ですがお帰りになるとき警備室に一声かけていただくかお電話いただけたら」

警備員はそう言うと、もう一度頭をさげてから健康管理室を後にした。

社長室ということは、まだ桜庭か江崎が残っているのだろう。確かに今週は忙しそうだったけれど、金曜の夜まで残業だなんて大変そうだ。

これまでもスケジュールの関係で数日顔を合わせないことはあったが、今日はなんとなく桜庭がどうしているのか気になった。

きちんと食事をしているのか、忙しそうだが休息はとれているのか。そこまで考えて自分の思考は恋人や友人というより母親みたいだと可笑しくなった。

最初の頃は産業医として社長の健康を心配しているだけだったのに、今はなんの理由もなくただ桜庭の顔が見たいと思っている。男性に対してそんなふうに考える自分はひどく新鮮で、少し面映ゆい。

彩花は帰り支度を終えると、もしオフィスにいればちょっと顔を見るだけでもと思いながら社長室に足を向けた。

控え室を覗《のぞ》くと江崎の姿はない。彩花は少し迷って社長室の扉を叩《たた》いた。

「どうぞ」

桜庭の低い声が聞こえて、彩花はホッとして扉を開けた。

「お疲れさまです」

「彩花さん？　どうしたの、こんな時間に」

「いえ、警備員さんが社長室に人が残っているって教えてくれたので、ちょっとのぞきに来たんです。あ。私も引き継ぎの書類を作っていて残業していて」

「そうか、突然だったから驚いたよ」

「江崎さんは帰ったんですね。もしかしてお邪魔しちゃいました？」

「いいや、ちょうど君のことを考えていて、会いたいなって思ったら君が姿を見せたからちょっとびっくりしただけだ」

「え？」

「今週は一度しか会ってないからな。君の顔を見たいなって思っていたんだ。元気そうでよかった」

表情はいつも通り変化がないのに、真っ直ぐな言葉に彩花の頬が熱くなる。

「そ、そんなに簡単に体調不良になったりしませんよ。それより桜庭さんの方が心配です。お忙しそうですけどちゃんとお食事してますか？」

口にしてからやっぱり母親みたいだと思ったが、仕事柄気になってしまうのだから仕方がない。それになんと言っても桜庭には過労で倒れたという前科があるのだ。

するとなぜかがっかりしたように溜息《ためいき》をついた。

「そんなに心配してくれているのなら、直接連絡くれてもよかったのに。俺の連絡先は渡しているだろう？」

確かに江崎からプライベート用の名刺を渡されていたがすっかり忘れていた。というか、いつも彩花から連絡をするよりも先に江崎が健康管理室にくるのだ。

「だっていつも江崎さんが間に入ってくれるから、直接連絡する必要がなかったんですよ」

「でも俺が一緒にスイーツビュッフェに行こうと誘ったんだから、返事ぐらいくれてもよかっただろ」

桜庭はそれだけ言うと、プイッと顔を横に向けた。彼にしてはぞんざいな口調だった。表情の変化が少ない人だから横顔だけではわからないが、まさか連絡をしなかったことに拗《す》ねているのだろうか。

「もしかして……私からの連絡待ってました？」

思わずそう尋ねると、桜庭が今度ははっきりと顔を顰めた。

「……当たり前だろ。こんな時間に来るなんて、俺の顔が見たかったのかと思って期待したのに、口を開いたらちゃんと食事をしてるかなんて言うからがっかりした」

そう言った桜庭の態度は、やはり拗ねた子どもみたいだ。

「だったら桜庭さんから連絡してくれればよかったじゃないですか。私はてっきり忙しいんだと思ってたんですよ」

「俺は君の連絡先を教えてもらってない」

携帯の番号ぐらい、人事に言えばすぐに入手することができたのに。それどころか江崎は彩花の連絡先を知っているのだから、彼に聞けばよかっただけのことだ。

しかし子どものように拗ねている桜庭の顔は可愛くて、笑い飛ばすのがかわいそうになり、彩花はバッグの中からスマホを取りだした。

「はい、携帯出してください。連絡先交換しましょう」

考えてみれば、何度も食事を共にしているのに連絡先を交換していなかった方がおかしかったかもしれない。それに連絡がもらえると受け身になっていた自分も悪かったのだ。

彩花と連絡先を交換し満足したのか、桜庭が機嫌良く言った。

「彩花さん、夕食は？　まだならデリバリーでもとるか、なにか食べにいこう」

「うーん」

時間的にはまだ店が開いている時間だが、この時間に食べるなら和食や軽食などあまり胃に負担がかからないものがいいだろう。

彩花は少し考えてから口を開いた。

「桜庭さんさえよければ、うちにいらっしゃいませんか？　簡単なものでいいなら私が作りますよ。この前レストランでいただいたものみたいに高いものではないですけど、ワインぐらいありますし」

元々今夜は冷蔵庫の中を片付けたいから外食はしないつもりだったのだ。桜庭を残り物の処理に付き合わせるのは少し心苦しいが、彼にとっても外食をするよりもいいはずだ。

しかしてっきり喜んでくれると思った桜庭は、なぜか渋い顔になる。

「桜庭さん？」

「……付き合ってもいない男を部屋に招くなんて、意外に大胆なんだな」

その声音は怒っているようで、なんとなく彼の言いたいことがわかった彩花は肩を竦《すく》めた。

「じゃあ来なくていいです。桜庭さんを信用して部屋に招いたんですけど、無理にはお誘いできませんから。私は友人の健康を気遣って提案したつもりだったのにそういう目で見るんですね」

プイッと顔を背け部屋を出て行こうとする彩花を見て、桜庭が慌てて腰を浮かせる。

「行く！　友人として伺わせていただく！」

桜庭に背中を向けていた彩花はニヤリとしながら振り返った。

「最初から素直にそう言えばいいんですよ。一応大学から親元を離れてますから、それなりに料理はできるので安心してください」

その言葉に、今度は桜庭が肩を竦めた。

「君には敵わないな。ワインなら会社に頂き物がたくさんあるからそれを提供するよ。それで君を疑ったことを許してくれ」

「わかりました。そういう謝罪なら大歓迎です」

彩花は仏頂面の桜庭に満面の笑みを向けた。

＊　＊　＊

彩花は桜庭と一緒に会社を出ると、タクシーで自宅マンションに向かった。普段の通勤は当然地下鉄を使っているのだが、江崎の運転で移動することの多い桜庭と通勤電車がなんとなく結びつかなかったのだ。

自宅に着き早速料理を何品か作ってダイニングテーブルに並べると、桜庭は目を丸くした。

「本当に料理が得意なんだな」

「もしかして、男を部屋に誘い込むために嘘《うそ》をついているとでも思ってました?」

「もうそのことは蒸し返さないでくれ。悪かったと言っただろう」

「ふふっ」

桜庭の苦虫を嚙《か》み潰したような顔に彩花は笑いを漏らした。

初対面のときより表情が豊かになった桜庭をみて、彼も少しずつ心を許してくれているのだと感じる。きっとビジネスのときは、どんなに嫌なことがあったとしてもこんなふうにわかりやすく感情を表したりしない。

なんだか自分が彼の中で特別な場所を与えられているようで、胸の中が不思議な満足感でいっぱいになった。

テーブルの上に並んでいるのは和え物やサラダ、鶏肉のソテーなど簡単なものばかりだったが、いつもヘビーな食事をしている桜庭の胃には優しいはずだ。

あとになって生まれて初めて家族以外の男性に料理を振る舞ったことに気づき、それにしてはあまりにも男性受けしない地味な料理だったと後悔したが、このときは無事に冷蔵庫の中身を整理できて満足していた。

「ごちそうさま。美味しかったよ」

ワイングラスを手にソファーに腰を下ろした桜庭の顔が満ち足りているように見える。すっかり彼のわずかな表情の変化を読み取ることに長けた自分に満足しながら隣に腰を下ろした。

「お粗末様でした。いつも美味しいものを食べている桜庭さんには物足りなかったかも知れませんけど。明日実家に帰るので、冷蔵庫の整理に付き合ってもらって助かりました」

彩花の明け透けな言葉に桜庭が唇を緩めた。ワインのせいだろうか、その表情は柔らかい。

「毎日自炊？」

「夕飯はなるべく作るようにしてますけど、朝が苦手なのでお弁当はほとんど作りませんね。鈴原さんは前の日の残り物を詰めればいいって言うんですけど、その時間があれば寝ていたいっていうか」

「俺もそっちのタイプだな」

「つい半年ぐらい前までは二番目の兄もこのマンションに住んでいたんですけど、まったく料理ができなかったので私がやってたんです。ちなみに上の兄は正反対で料理が好きなんですよ。お味噌《みそ》汁もちゃんと鰹節《かつおぶし》から出汁をとったり、食器や盛り付けにも拘ったりして、私なんかより女子力が高いんです。だから次兄と私でこっそりオトメンとか呼んだりして」

クスクスと思い出し笑いをする彩花に桜庭が眩《まぶ》しそうな目を向けた。

「兄妹仲がいいんだな」

「桜庭さんは？　ご兄弟はいらっしゃらないんですか？」

そういえばこれまで桜庭の家族関係については聞いたことがなかった。先代社長は会長職に就いていて健在だが、それ以外の家族のことは今まで話題になったことはない。なにか事情があって話題にできないのだとしたら、兄の話などして無神経だったかもしれないと考えたときだった。

「姉がひとりいるけど、すでに結婚していて今はフランスに住んでるんだ」

彩花の心配をよそに桜庭はさらりと口にした。

「フランス⁉　もしかしてお相手の方って」

「うん、向こうの人なんだ。元々は旅行会社の添乗員をしていて、海外をあちこち飛び回っているうちに知り合ったらしい。なんでもテキパキしていて仕切りたがるタイプなんだけど、彩花さんと気が合うんじゃないかな」

「それって私が仕切りたがりってことですか？」

「そんなこと言ってないだろ。まあ気が強い方だとは思うけど」

医師としての判断を委ねられるとき曖昧な態度をしてしまうと患者を不安にさせてしまうので、なるべくはっきりと簡潔な言葉を選ぶようにしているが、それが気が強く見えるのだろうという自覚はある。それにふたりの兄に負けないように、男性に対してかなりものをはっきり言ってしまうところがあるかもしれない。

初対面で厳しく注意しておいて今更だが、桜庭に気の強い女と思われていたのを知りなぜか落胆してしまった。

気の強い女なんて、どう考えても好印象とは思えない。

今まで男性が自分にどんな印象を持ったか気にしたことなどなかったのに、胸の中がざわついてモヤモヤしてしまう。

「そんな顔しないでくれ。俺は君のそういうところが好きなんだから自信を持っていい」

わずかに目尻を下げて彩花を見つめる桜庭の視線が擽《くすぐ》ったい。

「な、なんですかそれ」

彩花は小さく呟いてプイッと顔を背けた。

桜庭にそう言わせてしまうような表情をしていたのかと思うと恥ずかしい。慌てて表情を引き締めたけれど、彼の言葉に一喜一憂している自分に驚いていた。

ふとこの関係はなんと呼べばいいのだろうと考える。彩花は友達を強調したが、彼は最初から恋人として立候補してくれているのに、いきなり家にまで招かれて内心戸惑っているのではないだろうか。

先ほど付き合ってもいない男を部屋に招くなんて大胆だと言われたが、今改めて考えると確かに誘っていると思われてもおかしくない状況だ。

でもこうして桜庭とお酒を飲んだり話をしたりする時間は心地いい。

家族の話をしたり、好きな本や音楽の話をしたり、お互いのことを少しずつ知っていくのは楽しいし、いつのまにか友人として引いていた境界線が薄れている。今ならそのぼんやりとした線を一足で飛び越せそうな気がした。

ワインのおかげで口も滑らかになり気持ちもふわりとして気分がいい。彩花は産業医として働き出してからずっと思っていたことを口にした。

「実は私、大学の教授からスマイル製菓の産業医のお話をいただいたとき〝やった！〟って思ったんですよね」

「どうして？」

桜庭が興味深げに眉を上げて彩花を見つめた。

「私、スマイル製菓のチョココーンってお菓子が大好きで、子どもの頃はよく母に強請って買ってもらってたんです。だから仕事には関係ないってわかってましたけど、嬉《うれ》しくなっちゃって」

チョココーンはスティック状のコーンスナックがチョコレートでコーティングされたシンプルなお菓子なのだが、スナックの塩味とチョコレートの甘さが絶妙なバランスなのだ。今でもショッピングモールの駄菓子専門店やコンビニの棚に並んでいて、大人になった今もつい手を伸ばしてしまう。

いい大人が子ども向けのお菓子が好きなんて恥ずかしいと思って鈴原にも内緒にしていたが、桜庭なら笑ったりしないだろうと思ったのだ。

すると隣で桜庭が小さく笑う気配がした。

「やっぱり、俺たちが出会ったのは運命なのかもしれないな」

「え？」

桜庭の言葉に今度は彩花が眉を上げた。

「俺も子どもの頃からチョココーンが一番好きで、母にいつも食べ過ぎだと怒られるぐらい食べてた」

「そ、そうなんですか⁉」

「もちろん販売元だから食べ放題だ。うらやましい？」

桜庭の得意げな言葉に大きく頷く。

「すごく！　いいな～うちなんて病院ですから、子どもならどちらかと言えば近寄りたくなかったというか。インフルエンザの予防接種なんて、嫌がっても寝ている間に打たれちゃうんですよ！」

「それは逆に……痛い思いをしなくていいんじゃないのか？」

「そうだとしても、打たれた！　っていう気持ちの問題なんです！」

彩花の主張に桜庭が笑み崩れた。

この他愛ない会話が愛おしくて、なにものにも代えがたい。そう思ってしまう。

もちろん全国的に売られている定番菓子だから好きなものが被ってもおかしくはないが、彩花にはそれすらが特別な絆のように思えて鼓動が速まるのを感じた。

「彩花さん」

このタイミングで名前を呼ばれ、ただでさえドキドキしていた心臓が大きく跳ねた。

桜庭の声がいつもより甘く聞こえる。寒くもないのに背筋がぞくりとして、身体が小さく震えてしまう。

最初はあまり親しくもないのに名前で呼ばれたことに戸惑っていたのに、今は桜庭が彩花のことを名前で呼ぶのは、彼の当然の権利のように思えた。

「な、なんですか」

落ち着こうと思っているのに、なぜか声が上擦ってしまう。お酒のせいでどうかしてしまったのだろうか。

「俺が君のこと好きだって言ったの覚えてる？」

「……っ」

桜庭の〝好き〟という言葉にドキリとして一瞬息ができなくなったような気がした。

「君と話をしていると楽しくて時間を忘れるし、こうやって好きなものが一緒だったりすると嬉しくてたまらなくなるんだ」

「……」

それは彩花も同じだ。桜庭と食事をしたり話をする時間が楽しくて、なにものにも代えられない貴重な時間に思える。

それに今は、こうして見つめ合っているだけでドキドキするようになってしまった。

「君は俺のことを仕事相手ぐらいにしか思ってないかもしれないが、俺が君のことを好きだってことは忘れないで」

真剣な眼差しで見つめられて背筋に震えが走る。

「そんなの……とっくに知ってます。だって、桜庭さんいつも」

「いつも？」

「私のことを好きだって気持ち隠さないし」

「確かにそうだ」

クスクスと笑う桜庭に胸がキュッと締めつけられる。愛情表現の仕方が少し変わった人だけれど、この人と一緒なら楽しくやっていけそうだと思ってしまう。

「私も、桜庭さんのこと……好きです、よ？」

自分でも驚くぐらいすんなりとそんな言葉が出てきた。ずっと感じていたのに言えなかった言葉だから抑えきれず出てきた、そんな感じだった。

「……」

彩花の言葉に桜庭の唇から笑いが消え真顔になる。笑うと目尻が下がって少し幼く見える目は驚きで見ひらかれて、射貫かれてしまいそうなほど鋭い。

まるで怒っているみたいだと思った次の瞬間、突然伸ばされた腕に引き寄せられて彼の胸の中に抱き寄せられていた。

「あ……！」

広い胸に頰を押しつけられて彩花の唇から小さな声が漏れる。白いワイシャツからはすっきりとしたコロンの香りと男性独特の匂いがした。

「今の〝好き〟は、俺と付き合ってくれるって意味だと思っていい？」

改めて聞かれると恥ずかしいが、彩花は桜庭の胸に顔を伏せたままコクリと頷いた。

「嬉しい。ありがとう」

背中に回された腕にさらに力がこもりギュッと強く抱きしめられる。

全身で桜庭の体温が感じられて、守られているみたいで心地いい。この心地よさにずっと包みこまれていたい。

「あの……提案なんですけど」

「うん」

「桜庭さんさえよければ……今夜は……泊まっていきませんか？」

彩花は胸に顔を伏せたままそう口にした。逆上せてしまいそうなほど頭に血が上っていて、自分の声がくぐもって聞こえる。

「それは……そういう意味だと思っていいの？　俺は友人としてだって言われても我慢できないと思うけど」

「我慢、しなくていいですよ……」

我ながら大胆な台詞が恥ずかしくて、最後は消え入るような声になっていた。

なんとなく桜庭はここまではっきり言わないと、いつまでも彩花が自分から気持ちを伝えるのを待ち続けそうだと思ったのだ。でも今夜はこのまま桜庭の腕の中にいたい。

彩花はゆっくりと身体を起こすと、桜庭の顔を見上げる。桜庭の目にはまだ半信半疑とでも言いたげな光が浮かんでいて、彩花の本音を見定めようとしているみたいだ。

彩花は一瞬視線を彷徨《さまよ》わせ、もう一度彼の顔を見つめる。それからゆっくりと頭をもたげ、桜庭の唇に自分のそれをそっと押しつけた。

5

自分から男性にキスをするなんて初めてだ。しかもまだ一度もキスをしたこともない相手に同意もとらずに口付けるなんて、彩花にとっては天変地異、青天の霹靂《へきれき》ぐらいの大事件だった。

桜庭の反応を窺《うかが》おうと見上げた瞬間そのまま口付けられて、気づくとソファーの背もたれに身体を押しつけられていた。

「んっ」

小さな唇を桜庭の熱い唇で深く覆われて息ができない。息苦しさに頤《おとがい》をあげる仕草をしたら、ぬるつく舌が唇の境目を強引に割った。

「ふ、ぁ……」

唇を開いたとたん熱い舌が滑り込んで、あっという間に口腔《こうこう》がぬるつく粘膜で埋め尽くされてしまった。

口の中で動き回る舌の感触に背筋がゾクゾクして、身体がカッと熱くなる。

彩花は桜庭のキスの勢いに圧倒されながら、その熱を全身で感じていた。

今までこんなふうに、自分の情熱を注ぎ込むようなキスをしてきた男性はひとりもいない。あまり感情を露わにしない桜庭が、彩花に対する想いのすべてを注ぎ込んでくれているようで嬉《うれ》しくてたまらなかった。

深い口づけを何度も交わし、頭の中が霞《かすみ》がかったようにぼんやりとしてくる。

「んん……」

ソファーの背もたれに身体が埋まってしまうほど深く桜庭が覆い被さってきて、肩に触れていた手がゆっくりと腕を撫《な》で下ろし、ウエストに触れた。

「んっ」

触れられた擽《くすぐ》ったさに身を捩《よじ》ると、桜庭がわずかに顔をあげる。お互いの視線が絡みつき、初めて見る桜庭の色っぽい眼差しに彩花は息を呑《の》んだ。

「……あ、あの」

自分から誘ったのに展開が急すぎて、考えがまとまらない。それに桜庭との最初の夜をソファーで始めたくなかった。

「……ま、まって……」

やっと絞りだした彩花の言葉に、桜庭はあっさりと首を横に振った。

「やっと君を抱けるのに待てるわけないだろ」

「で、でも……私、こういうの、久しぶりで……その」

「安心して。俺も久しぶりだから」

内容としては決して安心できるものではないのに、自信たっぷりな桜庭の口調がこの状況にあまりにもそぐわなくて、彩花は思わず噴き出してしまった。

こうして桜庭の腕に抱かれていると、相変わらず心臓はドキドキと大きな音を立てているし、不安なことは変わらないけれど、子どものような得意げな顔が妙に可愛く見えてしまう。

「……彩花、そう呼んでもいい？」

桜庭がお互いの鼻を擦り合わせるようにして彩花の顔を覗《のぞ》き込む。

自分の名前なのに、桜庭の甘ったるい声が照れくさい。言葉の代わりにこっくりと頷《うなず》くと、桜庭は唇に薄い笑みを浮かべて再び彩花の唇をキスで塞いだ。

「ん……ぅ、ふ……」

すでに唇は緩んでいたから、だらしなく口を開け桜庭のキスを受け入れてしまう。熱い舌で口腔を満遍なく舐《な》め回され、ざらつく舌を何度も擦り合わされる。そのたびに触れられた場所から愉悦が広がって、自分でも驚くほど熱い滴が口の端からしたたり落ち、桜庭の舌がそれを舐めとった。

「あ……っ！」

素肌に触れた舌の感触に声をあげると、今度は顔中に唇が押し付けられて、柔らかな耳朶《みみたぶ》にも口づけられてしまった。

「ん、や……ぁ……」

擽ったさに首を竦《すく》めると、それを追うように耳殻に舌が這《は》わされる。ぬるぬると湿った舌の感触が彩花の中でくすぶっていた熱を掻《か》き立てて、かあっと頭に血が上っていく。

「俺のことも……大和って呼んで」

耳孔の奥に熱い息を送り込むように囁《ささや》かれて、彩花はブルリと身体を震わせた。

「や、大和……？」

オウム返しにそう口にしてから、彼の下の名前が大和だったことを思い出した。

いくら恋人になったとしても、社会的地位のある年上の男性を呼び捨てにするのは抵抗がある。彼のことだからそんなことは気にしないで呼んで欲しいと言いそうだが、大学病院という序列や上下関係に厳しい社会に属している彩花はなんだか落ち着かない。

「もう一度呼んで」

そう言われると、一度意識してしまった分、さらに簡単に口にできなくなる。

「彩花？」

「あの……呼び捨てにするのは落ち着かないから、大和さん、でもいい？」

「そんなこと気にしないでいいのに」

予想通りの返事に苦笑いが浮かんでしまうが、やはり呼び捨てにはできなくて、勝手にさん付けで呼ぶことに決めた。

まだ気持ちを確認しあってわずかな時間しか経っていないのに、色々気になることがあるのだと冷静に考える自分がいた。

「大和、さん？　もし……このままするなら……向こうの部屋に行きません？」

寝室とか、ベッドという単語を口にするのは生々しくてぼかして告げると、大和はしばらく彩花の顔をジッと見つめてからクックッと喉を鳴らした。

「君は……本当に可愛いな」

聞き慣れない〝可愛い〟という言葉と、桜庭の笑い声にギョッとして見上げるとさらに笑みが深くなる。

〝可愛い〟なんて家族以外にかけられた記憶のない言葉だ。

男勝りとまでは言わなくても気が強く口調もきついときがあると自覚しているし、医学部時代は男子学生に負けないように気を張って勉強をしていたので、可愛らしさなど皆無だった。

そんなこんなで可愛いと言ってくれるのは両親や兄たちぐらいで、あまりにも自分に縁遠い言葉にびっくりしてしまう。

大和はそんな彩花の反応も面白いと思っているのか、手を引っぱるようにしてソファーから立ちあがらせると笑顔で彩花の唇にキスを落とした。

「じゃあ向こうの部屋案内してくれる？」

なんだか含みのある言い方が恥ずかしかったけれど、彩花は繋《つな》がれた手を引いて大和を寝室に誘導した。

寝室の扉を開けたとたん、背後から大きな身体が覆い被さってきてそのまま抱きしめられてしまう。驚いて立ち止まっている間に扉が閉じてしまい、部屋の中は一瞬で暗闇になった。

「彩花、好きだ」

背後から肩口に顎を埋められ、耳のそばで大和の呟《つぶや》きが聞こえる。彩花にしか聞こえないような声だったが、胸がいっぱいになり身体に巻き付いていた腕にしがみついた。

「このまま君を抱いていいのか迷っているんだ。一度でも君を抱いたら歯止めがきかなくなりそうで」

さらに強く抱きしめられて、ふたりの身体がピッタリと寄り添いひとつになる。なにも言わなくても大和の心が流れ込んでくるようで、いつまでもこうしていたいと思った。

「……そんなこと言わないでください。私から誘ったのに……立場がないじゃないですか」

大和の腕に顔を埋めながら呟くと、耳元で小さく笑う気配がした。

「ごめん。そういう意味じゃない。ずっと君に焦がれていたから、まだ現実なのか信じられないんだ。これ以上君に触れたら夢から覚めて現実に戻ってしまうんじゃないかって」

「大丈夫です。私は現実だから消えたりしませんよ」

「うん」

彩花を抱きしめる腕の力がさらに強くなり、ふたりは暗闇の中もつれるようにしてベッドの上に倒れ込んだ。

いつの間にか目が暗闇に慣れて、見上げると彩花の身体を挟み込むように膝をつく大和の姿が暗闇に浮かんでいる。彩花を見下ろしながらネクタイを緩める動きがやけにゆっくりに見えて、さらに鼓動が速くなっていく。

「彩花、好きだよ」

大和はそう呟いて彩花の唇に自分のそれを押しつけた。

「ん」

顔を上げ口を開くと、熱い舌がぬるりと滑り込んでくる。彩花も迷わずそれに応じると大きな手が彩花の身体を撫で回し始めた。

薄いドレープシャツの上から胸の膨らみを弄られて、やわやわと揉《も》みほぐされる。長い指がブラウスのボタンを外し、熱い手のひらが素肌に触れた。

「……はぁっ」

触れられただけで唇から熱い吐息が漏れてしまう。まだキスをされただけなのにこんなに身体が昂《たかぶ》ってしまうことが不思議だった。

やはり男性に触れられることも久しぶりだから、過剰に緊張してしまっているのかもしれない。彩花がそう思ったときだった。

「そんなに硬くならなくていい。力を抜いて、俺に任せるんだ」

まるで彩花の考えを読んだかのような言葉に顔が赤らむ。そんなにわかりやすいほど硬くなっていただろうか。

身体は緊張しているけど、キスをされるたびに頭の中は霞がかったようにぼんやりとしてしまい、少しずつなにも考えられなくなっていく。

大きな手のひらがブラを押し上げ、胸の膨らみがこぼれ落ちる。熱い手で包み込まれた柔肉がやわやわと揉みほぐされたとたん、彩花の唇から甘ったるい声が漏れた。

「んっ……あ……ン」

恥ずかしくてたまらないのに、大和の手が動くたびに全身に震えるような刺激が走って身体が熱を持つ。

声を出してしまうのが恥ずかしくて唇を噛《か》むと、代わりに鼻から熱い息が漏れた。

「彩花、可愛い」

大和はそう呟くと、胸の中心で硬く凝った蕾《つぼみ》を口に含んだ。

彩花の体温よりも高い熱に包まれ、濡《ぬ》れた舌が飴玉《あめだま》のように蕾を舐め転がす。そのたびに先端がキュンとしてさらに硬くなるのを感じた。

チュパチュパと音を立てて吸われることが恥ずかしくて身を捩ると、腰を押しつけられて動きを封じられてしまう。

気づくとスカートが太股まで捲《めく》れ上がっていて、内股を撫で上げる手の熱さに彩花はブルリと身体を震わせた。

「や……ん……！」

さわさわと太股を撫で回され、長い指が下着に触れる。いつの間にか足の間がぬるついていて、恥ずかしさに足を閉じると柔肉の間に大和の指を挟み込んでしまう。

「あ……」

大和が足の間で指を曲げて、下着の上から秘処を擽る。ほんのわずかな刺激なのにその場所が疼《うず》いて、彩花は足の指をギュッと縮こまらせた。

「いやらしい眺めだ」

大和が小さく笑って呟いた言葉を聞き、彩花は頭にカッと血が上るのを感じた。

はだけたシャツに押し上げられたブラからはふたつの膨らみが零れて、口淫に濡れた乳首はその上でツンと勃ち上がっている。大和の手で捲り上げられたスカートはウエストに絡みつき、濡れた下着が剝き出しになっていた。

大和の言葉にそんな自分の姿を想像して真っ赤になる。触れられることに夢中で自分がどんな格好をしているかまで気が回らなかったのだ。

「や……そんなこと言わないで……」

彩花はとっさにシャツの合わせを胸の前に引き寄せながら涙目になる。普段はどちらかというと彩花の方が強気で大和を諭す方が多いのに、こうして彼に見つめられていると、自分が小さくて弱い女の子になってしまったような気分になってしまう。

「どうして恥ずかしがるんだ。いやらしくて……綺麗《きれい》だって言ったんだ」

「も、もぉ……！」

すでに赤く火照った頬がさらに熱くなった気がする。

大和の低い声で囁かれると、どうしようもなく胸がギュッと締めつけられてしまう。今まで他の人に綺麗だと言われてこんなにも胸に響いたことはなかった。

きっと自分にとって大和が特別な人になったから、こんなにも胸に響いてしまうのだろう。

大和は反応を確かめるように視線を合わせながら、ゆっくりと彩花を抱き起こした。

胸の前で交差させていた腕を左右に開かされ、再び白い膨らみがさらされてしまったが、彩花は抵抗しなかった。

「彩花の全部が見たい」

大和は返事を待たずブラウスに手をかけた。恥ずかしくて仕方ないと思う一方で、さきほどまで大和に触れられていた熱が素肌に残っていて、その余韻に物足りなさを感じてしまう。

早く大和に触れて欲しいと思うのに、着ているものを一枚ずつ脱がされるのは恥ずかしくてたまらないという葛藤と戦っていた。

大和の指が最後の一枚である下着にかかる。彩花は思わず太股を擦り合わせるようにして足をきつく閉じた。

「や、大和さんも脱いでください……」

彩花の躊躇《ためら》いに気づいたのか大和がクスリと笑いを漏らす。

「いいよ」

大和は楽しげに唇を緩めるとワイシャツのボタンを外していく。パッと開いたシャツから筋肉質な広い胸が飛びだして、彩花は見てはいけないものを見た気がしてサッと彼に背を向けた。

そういえばジムに通って鍛えていると聞いたことを思い出す。大和は気が向いたら行く程度だと言ったけれど、あれはちゃんと自分でコントロールして鍛えている身体だ。

すぐ目をそらしたつもりだけれど、その実自分がしっかりそれを目に焼き付けていたことに恥ずかしくなる。

こんなことを考えていると大和が知ったらどう思うだろう。そう考えた次の瞬間、背後から腕が伸びてきて、気づくと広い胸の中に抱き寄せられていた。

「これでいい？」

大和はそう言いながらさらに広い胸を彩花の背中に押しつけてくる。お互いの素肌が直に触れあい、大和の体温が火傷しそうなほど熱く感じた。

「知ってる？　この方が触り放題になるって」

手のひらがすくうようにふたつの膨らみに添えられ、その刺激に彩花は背筋を震わせた。

「んっ」

長い指が先端の尖《とが》りを摘まむ。舌と唇で愛撫《あいぶ》されたそこはぷっくりと膨らんでいて、ふたつの蕾を同時に指で押しつぶされる。その刺激に彩花は身体を大きく反らして大和の胸に背中を押しつけた。

じた。

「や、ん……あぁ……」

キュンとした愉悦は下肢に伝わって、足の間がさらに潤って下着を濡らしていくのを感じた。

身体が密着しているからより大和の熱を感じてドキドキが増してくる。それにあぐらをかいた大和の足の間で硬くなった熱がお尻を押し上げてきて、さらに彩花の羞恥を煽《あお》った。

「あぁ……ん、ンン……っ」

「こうされるのが好き？」

乳首を引き伸ばすように引っぱられたり、硬い凝りを指で揉みほぐされて大和の腕の中で身悶《みもだ》えてしまう。

「ほら、いい反応だ」

「……だって」

大和がそんなふうにいやらしい手つきで触るから感じてしまうのだ。

「だって、なに？」

耳元でクスリと笑いが聞こえて、耳孔に濡れた舌が入ってくる。尖らせた舌先で奥まで舐め回されて、頭の中でクチュクチュといやらしく濡れた音が響いた。

「んっ、あ……や、みみ……いやぁ……」

「彩花は嘘《うそ》吐きだな。嫌じゃないだろ？　その声は悦んでる声だ」

大和が普段より雄弁な気がしたが、それを口にするよりも早くさらに音を立てて耳の中

を舐め回され、柔らかな耳朶まで舐めしゃぶられてしまう。強い刺激に肩を竦めて愛撫から逃れようとするけれど、両手で身体を押さえ込まれているせいで動くことができなかった。

「あっ、や……んぅ……」

片手で身体を撫で下ろされ、濡れそぼった下着に這わされる。もう一方の手で熟れきった乳首を押し潰され、舌は相変わらず感じやすい耳孔を淫らに犯す。

声を出さないように堪えているのに、あちこちから与えられる刺激で愉悦に目が潤んで、無意識に漏れる嬌声《きょうせい》は自分でも驚くぐらい艶を帯びていた。

「んぁ……ん、はぁ……ン……」

「はぁ……その声、たまらないな。もっと聞かせて」

大和の熱っぽい囁きが耳の奥まで入り込み、さらに体が震えてしまう。

筋張った指が下着の中に潜り込み、擽るように恥毛を弄ぶ。足をしっかり閉じたいのに快感で力が入らず、大和の指は易々と濡れた花弁に触れた。

「んんっ」

太い指が重なり合った花弁をかき分けるように撫でさすり、彩花の耳にクチュリと淫らな水音が聞こえてくる。大和の指にグッと力がこもったかと思うと、指が花弁の奥に滑り込んだ。

「……っ」

蜜孔の入口に指が入り込んだとたん、胎内からとろりとした熱いものが溢《あふ》れ出すのがわかる。自分の身体がこんなにも大和を求めているのを感じて切なくなった。

ふたりで過ごす初めての夜だからゆっくり丁寧に愛し合いたいと思う反面、こちらの都合などお構いなしにランチに誘ったり花を送りつけてくるときのような強引さも求めてしまう。自分の矛盾した気持ちに気づきながら、意識は大和の手の動きを追っていた。

「わかる？　もうビショビショだ」

太い指が蜜孔を広げるように大きく動いて、薄い粘膜を引き伸ばされる刺激に彩花は思わず腰を浮かせてしまう。

「ん、ふ……あ……んん……っ」

「いい声だ。彩花の感じている顔が見えないのが残念だけど、あとでじっくり見せてもらおうかな」

耳元で囁かれる大和の声も艶めいて聞こえて、さらに彩花の体温を上げていく。何度も指で花弁を揉みほぐされ、溢れた愛蜜が大和の指を伝い下着まで濡らしていった。

「これ、邪魔だな」

掠《かす》れた呟きと共に足から濡れた下着が引き抜かれて、ベッドのどこかに放り投げられたが、彩花はそれを目で追う余裕もなかった。

「力、抜いて」

再び濡れ襞《ひだ》に指が這わされ、もう一方の手が太股にかかり足を持ち上げる。大きく足を開かされたかと思うと入口を擽っていた指に力がこもり、ぬるりと隘路《あいろ》の中に押し込まれた。

「あ、ゆび……」

内壁を擦られる刺激に腰を揺らしてしまうが、痛みはない。胎内に入ってきた異物を押し出そうとしているのか、身体の芯がヒクヒクと震えた。

「狭いね。中が俺の指に絡みついてくる。早く……彩花の中に入りたい」

「……っ」

いやらしい言葉ばかり耳元で囁かれて逆上せてしまい、なにも考えられない。彩花が恥ずかしさにキュッと目をつぶると、大和は少し乱暴に指を動かし始めた。

さらに太い指が増やされて隘路を大きく押し広げられる。

「んっ、あっ……んふ、ぁ……んんっ……」

薄暗く静かな寝室にクチュクチュと淫らな音と彩花の喘《あえ》ぎ声だけが響く。自分でもわかるほど次から次へと身体から淫らな蜜が溢れてしまい恥ずかしくてたまらなかった。

「も、いい……から……」

早く大和とひとつになりたい。もっと深いところまで感じさせて欲しくて彩花は首を捻って大和を見上げた。すると大和は唇に笑みを浮かべて彩花にチュッと音を立ててキスをした。

「まだだよ。男は簡単に気持ちよくなれるけど、女性は違うだろ？　それに彩花が感じるところをもう少し見ていたいんだ」

そう言うとすっかり馴《な》らされた膣洞から指を引き抜き、彩花をシーツの上に横たわらせる。力の入らなくなった足を摑《つか》んで大きく開かせると、その間に身体を割り込ませてきた。

「彩花はどうされるのが一番気持ちいいのかな」

大和は楽しげに呟くと、無防備に曝《さら》け出された濡れそぼった花弁に顔を埋めた。

指で小さな花芯を剝き出しにされ、小さな突起を唇が挟み込む。

「あッ……！」

痛みにも似たピリリとした刺激に彩花は声をあげる。しかし大和は動きを止めることなく、そのまま小さな突起を舌先で転がし始めた。

「あっ、やっ……！　それ、いやぁ……っ」

今まで感じたことのない強い愉悦に大和の舌が動くたび腰を跳ね上げてしまう。快感から逃げるように足が無意識にシーツを蹴ったけれど、腰を抱えられているのでそれはむなしい抵抗だった。

「あ、あ、あぁ……や……ぁ……」

先ほど指で愛撫されて高まっていた身体が再び熱くなり、お腹の奥で渦巻く熱が膨らんで、今にも破裂しそうな勢いで暴れ回る。

「彩花、イッていいよ」

大和は下肢に顔を埋めたままそう呟くと、愛撫で硬く立ちあがった小さな突起を強く吸い上げた。次の瞬間身体に電流が走ったような衝撃が彩花の身体を襲う。

「ひぁっ！　や、それ……あぁ……っ」

お腹の奥にまで感じたことのない強い愉悦が走って、大和に抱えられている太股がブルブルと震えてしまう。

腰や足が痙攣《けいれん》するのを感じて、一瞬目の前が真っ暗になって何もわからなくなる。気づくと身体が小刻みに震えて、彩花はハァハァと荒い呼吸を繰り返していた。

大きな手があやすように彩花の髪や顔を撫でる。大和の体温を感じて彩花は無意識にその手に頬を押し付けていた。

「やまと、さん……」

唇が彼の名前を呼ぶ。すると身体を起こした大和が彩花の耳元でそっと囁いた。

「そろそろ……我慢の限界」

大和の苦しげな呟きにゆっくりと瞼《まぶた》を上げる。

まだ強い快感を味わったばかりで頭がぼんやりとしていたけれど、彩花も同じ気持ちだ。こんなに時間をかけて感じさせられているのに、早くもっと深いところで大和とひとつになりたくてたまらなかった。

自分がこんなにも貪欲なタイプだと思ったことはなかったけれど、大和には淫らな欲望を抱いてしまう。

「こんなにも誰かを欲しいと思うのは初めてだ」

まるで彩花の頭の中を覗いたかのような言葉に、彼が同じ気持ちでいるのだと感じて胸がいっぱいになる。

「わたし、も……大和さんが、ほしい……」

彩花の言葉に大和は大きな身体をビクリと震わせて彩花から離れ、それすらももどかしいという動きで下着を脱ぎ捨てる。大和はすぐに準備を終えて彩花の元へ戻ってくると、先ほどのように足の間に身体を割り込ませ、今度はすっかり解れた蜜壺の入口に硬いものを押しつけてきた。

彩花を抱きしめるようにして、大和がゆるゆると腰を動かすと、硬く張りつめた雄が濡れ襞を乱すようにして何度も往復する。すぐに雄芯は愛蜜にまみれ、まだ挿入もされていないのに隘路の奥がキュンとしてしまう。

「あ、ん……はぁ……」

早く奥まで満たして欲しいのに大和は一向に腰の動きを止めようとせず、その行為だけで満足しているようにすら思えてしまう。

その証拠に耳元で聞こえる大和の息遣いは乱れていて、彩花の濡れ襞に擦りつけるだけでも感じているように聞こえた。

「や、大和さん……」

彩花はとうとう我慢できずに口を開く。すると大和は動きを止めて顔をあげると彩花の顔を覗き込んだ。

「どうした？」

唇にわずかに浮かんだ笑みを見て、大和が自分に言わせたい言葉があって焦らしていたのだと気づいた。しかもその言葉は容易に想像できて、彩花は羞恥のあまり大和を睨《にら》みつけてしまう。

「イ、イジワル……！」

「ひどいな。俺は彩花に気持ちよくなって欲しいだけなのに。もしかしてよくなかった？　それならどうして欲しいのか教えて欲しいな。君が一番気持ちよくなる方法を」

「……ッ!!」

普段はどちらかというと彩花の方が強気で意見を口にするのに、今はそれが逆転してしまっている。経験の違いといえばそれまでだが、大和に翻弄される彩花を面白がっている気がした。

きっと彩花が恥ずかしがりながらそれを口にするのを楽しんでいるのだとわかるが、それでも口にしないではいられないほど身体がすっかり昂ってしまっていた。

「は、早く、い、挿れて……」

羞恥のあまり涙目になった彩花を、予想通り大和は満足げに見下ろした。

「もちろん。君が望むなら」

大和は足をさらに大きく開かせると、期待に濡れそぼった蜜孔に雄の先端をあてがう。

そして涙目の彩花と視線を合わせたままゆっくりと雄竿を彩花の中に押し挿れた。

「あ……」

　ヌルリと雄竿が隘路を押し広げる。薄い粘膜が擦れ合い、彩花の身体を新たな刺激が駆け抜けた。

「や……おお、き……」

　痛くはないけれど強い圧迫感に彩花は無意識に身体を仰け反らせる。大和はそれを拒絶と思ったのか、彩花の腰に手をかけ、そのまま深いところまで一気に雄芯を沈めてしまった。

「あぁっ……！」

　トン、と深いところに雄の先端が当たった瞬間お腹の奥がビリビリと震える。思わず助けを求めるように大和に手を伸ばすと、大きな身体が覆い被さってきて強く抱きしめられた。

「ひ、ぁ……ン！」

　ビリビリするところにさらに先端が押しつけられ、目の前にチカチカと星が飛び散る。こんなにも深いところで男性を感じるのは初めてで、このまま大和が腰を振ったら自分がどうなってしまうのか急に不安になる。

　きっとあられもない声を出して、大和の前で醜態をさらしてしまいそうな気がした。

「はぁ……やっと彩花が俺のものになった……」

　頭上で聞こえた切なげな呟きに胸がキュンとする。こんなにも抱き合って気持ちがいいのは初めてで、これが身体の相性がいいというやつなのかもしれないと思った。

「彩花、苦しくない？」

自分の方が苦しそうな声で顔を覗き込まれて、彩花は小さく首を横に振る。本当は隘路やお腹の奥まで大和で埋め尽くされて苦しいぐらいだったけれど、それを口にしたら大和が自分の中からいなくなってしまいそうで口にできなかった。

「俺は……少し、苦しい。ゆっくりするから、動いてもいい？」

彩花が頷くと、大和はホッとして息を吐いてからゆっくりと腰を動かし始めた。

言葉通り彩花に気遣ってくれているようで、浅くゆっくりとした抽送がくり返される。それだけでもうっとりしてしまうような愉悦を感じて、彩花は目を閉じてその快感に身を任せた。

「……うん……はぁ……っ、痛く、ない？」

「は……や、やまと……さ……」

大和の息が乱れている。その辛そうな声を耳にするだけで身体の奥がキュンと収斂《しゅうれん》する。

「ん、大丈夫……きもち、い……」

こんなふうに自分から快感を口にするのは初めてだったけれど、大和になら素直になれる。彼は彩花の淫らな姿を見ても嫌悪したりしないと、こうして抱き合っていれば伝わってくるからだ。

「そう……でも、俺は少し物足りないな……」

耳元で聞こえた呟きに、彩花はわずかに首をそらし大和を見上げた。

「……え?」

「ごめん。君を大事に抱きたいから、どこまでして大丈夫なのか加減がわからないんだ」

つまりもっと激しく動きたいとか、体位を変えたいとかそういうことなのだろう。

「いいですよ、もっとしても。私も、大和さんが大事なのは一緒です。一緒に気持ちよくなりたいから」

大和が小さく息を吐き、彩花の顔を覗き込んでくる。

「もう少し、激しくしてもいい?」

相手に満足して欲しいという気持ちは彩花も一緒だ。彩花は唇を緩めて頷いた。

「ん、大和さんの好きにして……もっと。気持ちよくなって、欲しいから」

「好きにしていいなんて、男に言ったらダメだ。ひどい目に遭う」

彼にしては珍しい警告するような言葉にドキリとする。まるでこれからひどいことをすると宣言しているみたいだった。

「……やまと……?」

「ごめん。本当の俺は彩花が思っているような男じゃない」

どういう意味だろう。彩花がわずかに首を傾げたときだった。大和が彩花の中から勢いよく雄竿を引き抜いた。

「あ……っ!」

強く内壁を擦られ、思わず声が漏れる。次の瞬間雄竿は再び隘路に押し戻されその勢いに彩花は大きく身体を仰け反らせた。

「ひぁっ、あっ……ま、まって……」

しかし大和は彩花の声など聞こえないかのように、さらに律動をくり返す。まるで我慢していたものを一気に解放しているような勢いに、彩花は律動に合わせて嬌声を漏らしてしまう。

「あ、あぁ……ん、や……あ、ん、やぁ……」

突然速く、激しくなった大和の動きについて行けない。今までの大和とは別人のようだ。先ほどビリビリしたお腹の奥を突き回されて、瞼をギュッと閉じているのに目の前に星が飛び散る。彩花の嬌声が聞こえているはずなのに、大和は動きを止めようとはしなかった。

「あ、ん……あぁ……はぁ……」

何度もお腹の奥を突き回され、甘い声が止まらない。雄竿が擦れる場所も突かれる場所もすべてが気持ちよくて、どうしていいのかわからなくなってくる。

最初は彼にこんな激しい一面があったのかと驚いたけれど、考えてみたら彩花との約束を取り付けるときの大和はいつも強引だし強気だ。そう考えれば彼の中に激しい衝動が見えるのはおかしくもなんともない。

「あっ、あぁ……や、ん……これ、だめ……」

強い快感が怖くて、唇から無意識に拒絶の言葉が漏れる。

「これ、嫌い？」

「や、だって……こん、な……」

苦しいはずなのに隘路は先ほどよりも新たな蜜で濡れていて、大和が腰を押し戻すたびにグチュグチュと淫らな音と共に愛蜜が溢れ出す。

「こんなにいやらしい音がしているのに、嫌いじゃないだろ？」

もしかしたら、大和はSの気があるのかもしれない。彩花に恥ずかしい本音を口にさせようとばかりするのだ。

「俺は彩花の胎内《なか》が気持ちよくてたまらない。彩花が嫌いじゃないのならいつまでもこうしていたいぐらいだ」

大和はいつもより甘い言葉をたくさん口にして、ゆさゆさと彩花の身体を揺さぶりながら耳に唇を押しつける。熱い息が耳孔から頭の中に入り込んで彩花の体温を上げた。

「彩花、やめて欲しい？」

熱い唇と息が耳朶に触れ、彩花はふるふると首を横に振る。

「あ、あっ……す、き……こうやって、するの……好き……」

「もっと？」

「もっと……して、いっぱい……して……」

「彩花、可愛い」

耳元で低い声で囁かれると頭がボウッとしてくる。もう自分がなにを口にしているのかわからない。

「彩花、好きだ」

大和に何度もくり返し囁かれて、なにかのスイッチが入ったみたいに、先ほどとは比べものにならないぐらい強い波が身体の中を揺さぶってくる。

「あ、あ、あぁ……！」

大きな波に攫《さら》われそうで必死で大和の身体にしがみつく。

「はぁ……彩花、も……」

耳元で聞こえていた大和の息遣いがさらに荒くなる。彼の限界を感じて彩花の胎内がさらに大きく震える。すると大和が「くっ」と小さな声を漏らして彩花の華奢《きゃしゃ》な身体を折れそうなほど強く抱きしめた。

大きな背中がブルリと震え、彩花の中の雄が大きく戦慄いた。

「あぁ……」

胎内の雄竿が一際大きくなったのを感じて、彩花も身体を震わせた。足がガクガクと揺れて自分からギュッと熱い身体に足を巻き付け強い快感に耐える。

次の瞬間大和の緊張が解け、彩花の上で脱力した。もちろん押し潰されることはなかったけれど、その身体の重みに彼も彩花に満足してくれているのを感じて胸がいっぱいになった。

大和と元彼を比べるつもりなどないけれど、こんなにも身体を昂らせて、切なくさせるのは大和だけだ。

いつの間にこの人をこんなに好きになっていたのだろう。

彩花は心地よい重みと大和の体温を感じて、この幸せな気持ちをどうやって彼に伝えたらいいのだろうと思った。

6

大和と夜を過ごした翌日、彩花は実家に帰る予定を取りやめた。というか、ふたりで抱き合って目覚めたらもう昼だったし、母との約束のこともすっかり忘れていた。

ふたりで昼食を取っているとテーブルの上に置いてあったスマホが震え、アプリに送られてきたメッセージを見て初めて予定を思い出したぐらいだ。

何時頃到着するのか、夕食には間に合うのかという内容で、彩花は急な予定が入ったことを伝え、行けなくなったことを詫《わ》びる返事を送った。

すぐに、みんなで夕食を食べようと思って準備しているからなんとか帰ってこられないかと返信が来たが、彩花は謝罪のスタンプを送ってメッセージを閉じてしまった。

これは来週あたり、ケーキでも買って埋め合わせをしないと母からしつこく言われ続けそうだ。母はみんなで賑《にぎ》やかに集まるのが好きな人なのだ。

「はぁっ」

思わず溜息《ためいき》をつくと、コーヒーを飲んでいた大和が眉を上げた。

「誰？　彩花がそんな溜息をつくなんて珍しいな」

「ああ、ごめんなさい。母からです。今日は実家に帰るって言ってたのを取りやめるって伝えたらしつこくて」

「そういえば実家に顔を出すって言ってたね。朝から帰る予定だった？」

「どちらにしてもいつも午後に出るんですけど、帰ったからってなにをするわけでもないんですよ。家族で夕食を食べるぐらいで。一人暮らしになってから前より家に顔を出せってうるさくて」

「今までお兄さんたちとの同居だから安心していたんだろうね。さっそく俺みたいな男もお邪魔してるし。今から帰るつもりなら家まで送ろうか。実家は横浜だろ？　タクシーで俺のマンションまで行けば車がある」

　大和は親切で言ってくれているのだろうが、このままふたりで過ごせると思っていた彩花は急に寂しくなる。もしかして早く家に帰りたいと思っているのだろうか。

「……もしかして、今日はご予定がありました？」

　昨夜泊まるように勧めたのは彩花だ。自分の予定はどうとでもなるが、彼の予定を確認しなかったことを後悔する。

「俺は休みだから心配しなくていい。君のことだから、俺になにか予定があったんじゃないかって心配しているんだろ？」

　明らかにガッカリした顔をしていたのか、大和は苦笑いを浮かべて彩花の頭をクシャクシャと撫《な》でた。

　昨日とは違う距離感にドキリとする。大和の仕草は自然で、ずっと前からこうしていたような錯覚さえ覚えてしまう。この人になら甘えたり、泣き言を言ってもいいのだと思えた。

「……大和さんさえよければ、今日はふたりでゆっくりしたいから実家に帰るのは来週でもいいかなって」

　彩花は思いきってそう口にした。

　彼は最初から真っ直ぐに気持ちを伝えてくれていたから、探り合ったり駆け引きをするような関係にはなりたくない。

「そう言ってくれると俺も嬉しい。実はいつまでいていいのか、早く帰って欲しいんじゃないかって心配していたんだ」

　大和が広げた腕の中に彩花がそっと身体を寄せる。広い胸の中にすっぽりと収まる安心感に顔をあげて微笑んだ。

「本当はデートに行こうと思ってたけど、もう一度ベッドに戻ってもいい？」

　ゆっくりと顔を近づけながら大和が囁《ささや》く。今日はふたりで過ごしたいと思っていた彩花に断る理由などない。

「……一緒にいられるなら、どこでもいいですよ」

　大和は彩花にだけ見せる優しい笑みを浮かべると、小さな唇に優しく口づけた。

＊＊＊

大和との交際は順調で、これまでのようにランチタイムだけでなく、夜の時間も一緒に過ごすようになった。

待ち合わせをして外で食事をすることもあるが、仕事が忙しい大和が彩花の部屋を訪ねてくることの方が多かった。

彩花のマンションが会社から便利な立地にあったというのもあるが、よほどのことがなければ定時退勤の彩花が先に帰って色々用意するのが楽だというのが大きかった。

これまで仕事以外に興味がなかったのにいそいそと大和のために買い物をして帰るという変化に、自分でも驚いてしまう。偏食気味の大和が食べられるようなメニューを考えるのが楽しかったし、やりがいを感じていると言ってもいい。

恋人として彼の生活に口を出す権利を与えられたことが嬉《うれ》しかったのかもしれない。

大和は彩花の負担にならないように外食を提案してくれるのだが、恋人同士になると部屋でゆっくり過ごす時間の方が気楽だった。

なにより人目を気にせず手を繋《つな》いだりキスをしたり、イチャイチャできるのも嬉しい。こんなふうに暇さえあればくっついていたいと思うのは初めてで、自分の気持ちの変化に驚いてしまう。

彼氏ができたばかりの友人が寄ると触ると彼氏の話をし、相手のための時間を優先しているのを不思議に感じたこともあったが、こんなにも簡単に男性を自分のテリトリーに受け入れられるタイプだったのも新鮮な驚きだった。

友人との予定を決めるときも、まず大和がその日なにをしているかを確認するようになった。できれば今は大和と過ごす時間を優先したいと思ってしまうのだ。

それは大和も同じようで、彩花の予定をよく尋ねてくれる。彼も一緒にいる時間を優先しようとしてくれているのを感じて嬉しかった。

最初から真っ直ぐな気質の人だと思っていたが、自分で重い男だと言っていただけあり、かなり束縛したがるタイプであることもわかってきた。

それに気づいたのは、退勤後に大和と会社のロビーで待ち合わせをしていたときだった。

「山本先生！」

しばらく前に面談での経過観察を卒業したばかりの社員、人事課の小泉という男性社員が声をかけてきた。

「小泉さん、お疲れさまです。今日は定時で上がれたんですね」

「はい。以前より上司が進捗を確認してくれて、業務の分業化をしてくれるようになったので、ひとりに負担がかからなくなって残業の時間が減ったんです」

笑顔の小泉を見て、彼が最初に健康管理室の面談に来たときのことを思い出した。

元々同僚が小泉の顔色が悪いことを心配して相談をするように勧めたそうだが、確かに残業続きで顔色も悪く、なにより会話に覇気がなかった。

自分が疲れていること、精神的にまいっていることを認めたくなくて、さらにメンタルをやられてしまっていたのだ。

結局彩花の薦めでメンタルクリニックを受診して、三ヶ月ほど会社を休んで療養することになった。たいていの人は休養をしっかり取って環境が変わると、自分が追い詰められていたことに気づき少しずつ回復し始める。

彼の場合は家族がいるのに仕事を休むことに罪悪感を覚えていたが、傷病手当の申請や仕組みを知り気が楽になったようだった。

「よかったです。とっても顔色がいいですよ。でも無理をしちゃダメですからね」

「もちろんです。先生に話を聞いてもらったおかげで、安心して療養できました」

「不安なことがあったらいつでも相談してくださいね」

「はい。ありがとうございます」

彩花は小泉が頭を下げて帰って行く姿を見送った。

こうして自分が関わった社員が無事に職場復帰しているのを見るのが一番ホッとする。ほんの少し勇気を出して誰かに相談するということができなくて症状を拗《こじ》らせてしまう人が多いということを、産業医として勤務するようになって改めて認識した。

「彩花」

「あ、大和さん。お疲れさまです」

「今の、誰？」

「え？」

大和の視線の先を追うと、小泉が自動ドアの向こうに消えるところだった。

「ああ、人事部の小泉さんです」

「なにを話してたの？」

いつもより硬い口調の大和を不思議に思いながら言った。

「えっと、個人情報なのであまり詳しくは……」

大和は社長だから正式に求められたら彼の病気の経緯を説明する必要があるのだが、今大和が聞いているのはそういうことではない気がする。

「大和さん、なにか誤解してません？　小泉さんは以前に健康管理室にいらしたことがあって、今は元気で頑張っているって声をかけてくださっただけですよ」

「……そうか」

一応納得したのか頷いたけれど、その横顔はまだ硬いままだ。

「もしかしてヤキモチですか？　私は社員さんとお話をするのが仕事なんですから、もし男性と話していたとしてもそれ以上のことなんてないです。心配しないでください」

彩花の言葉に、大和はやっと溜息を漏らしながら表情を緩めた。

「悪い、君が俺以外の男と話しているのを見たらなんだか……ムカついて」

「別にいいです。それだけ私のことを気にしてくれているってことですもん。さ、行きましょう！　今日は大和さんお勧めのレストランに連れて行ってくれるんですよね！」

彩花の言葉に気を取り直した大和は、すぐに硬い表情を解いた。その時は大和が彩花に対して独占欲を表してくれたことが素直に嬉しかった。

同僚と話をしていただけで疑われたら怒る人もいるかもしれないが、彩花自身は今まで自由に過ごしていたからなのか、少しぐらい嫉妬されたり束縛されるのも悪くないなどと思ってしまう。

よく兄がふたりもいるとあれこれ過干渉なんじゃないかとか、シスコンなんじゃないかと尋ねられるが、お互いの生活や交友関係にはあまり口出しし合った経験はない。まあ女の子だから帰宅時間が遅くなると怒られることはあったが、それはどこの家庭でも同じだろう。

仲はいいがお互い適度な距離を保っていたし、強いて言えば十代の頃は彩花の方が兄たちの生活態度の悪さに、母と一緒になって文句を言っていた気がする。

そんな経緯もあって人に干渉されるのも悪くないと思ってしまい、大和が彩花の帰宅時間を気にして誰と一緒にいるかを尋ねてきても、やましいことがないのですべて素直に答えていた。

久しぶりの男性との交際に舞い上がっていたのかもしれないが、冷静なときなら気にするはずの大和の過度な執着も、このときは全く気にならなかった。

しかししばらくして再び同じような出来事があり、さすがの彩花もその違和感が気になり始めた。

それはやはりロビーで大和と待ち合わせをしているときで、先日のように社員に声をかけられた。

「山本先生」

月一で健康観察を行っている片平という社員で、一度彩花を社食のランチに誘ってきた男性だ。

会社の健康診断で尿酸値が高く高尿酸血症の指摘を受けていて、いわゆる痛風予備軍として病院と連携して主に食事内容などについて面談を行っている。

元々はその食事内容の聴取から、スマイル製菓の社食の内容が素晴らしいという話になりランチに誘われたのだ。

彩花も大和に誘われ初めて社食を利用してからは、食事に問題のある社員には面談の際に積極的に社食の利用を勧めるようになった。

「片平さん、お疲れさまです」

「これから同僚と飲みに行くんですけど、先生も一緒にどうですか？」

そう言った片平の後ろには、他にも男性社員がふたり立っている。

「今日は約束があるんです。片平さん、せっかく減薬になってるんですから、飲み過ぎには注意ですよ。悪化して痛風になったら痛いのは片平さんなんですからね」

彩花が釘《くぎ》を刺すと、同僚のふたりが笑う。

「俺たちがちゃんと見張っておきます。あれですよね、プリン体」

「そうそう。ビールじゃなくて焼酎だっけ？」

「そうですね。ビールよりはいいですけど、アルコールは分解されるときに体内で尿酸をたくさん作り出しますから、ほどほどにお願いしますね」

同僚も片平の健康状態に理解があるらしい。まあ高尿酸血症は男性に多い病気だから、自分も人ごとではないと感じているのかもしれない。

「じゃあ先生、今度は是非呑《の》みましょうね」

「お疲れさまです」

片平が軽く手をあげて、三人が彩花から離れていく。

「彼も君の患者？」

背後からいきなり声をかけられて、彩花はドキリとして肩を竦《すく》める。

「キャッ！　や、大和さん⁉　び、びっくりするじゃないですか」

驚いて振り返るとすぐそばに大和が立っていたが、それまでまったく気配を感じなかったので悲鳴をあげてしまった。

いつもの大和なら彩花が驚く様子を面白がるのに、今日は硬い表情のままで怒っているみたいだ。

「……みんな知り合い？」

「あ、いえ。患者さんはひとりだけなんですけど同僚の方と飲みに行くからって声をかけてくれたんです」

彩花は大和の硬い表情を見ながら、先日の小泉とのやりとりでも大和が同じ顔をしていたのを思い出した。

「……飲みに誘われたんだ」

「ええ。でも」

ちゃんと断りましたよ。そう続けるつもりだったのに、突然大和に手首を摑《つか》まれて強引にビルの外へと連れ出されてしまった。

「や、大和さん⁉」

驚いて声をかけたけれど無言でグイグイと手を引かれて、大通りに出たところで止まっていたタクシーに押し込まれそうになり、彩花はなんとかその場に踏みとどまる。

「ちょ、ちょっと待ってください！　なにに怒っているかわかりませんけど、こういう乱暴なことは嫌いです！」

今までの会話がここまで大和を不機嫌にするようなものだったとは思えない。患者に社交辞令で声をかけられたぐらいでこんなに怒るのは行きすぎだ。

それにちゃんと断ったのを見ていたはずなのに、まるで浮気を疑われているみたいなのも納得がいかなかった。これはもう可愛いヤキモチの範疇《はんちゅう》を超えている。

「……俺の家で話そう」

そう言って再びタクシーの中に押し込まれそうになり、彩花は慌てて大和から離れた。

「大和さん、少しおかしいです。私、今日は帰ります」

彩花はそう言ってもう一歩大和から離れる。そもそもこんなに会社の近くで痴話喧嘩《ちわげんか》をしていたと噂《うわさ》されたら、大和の立場を悪くしてしまう。だからといって大和の言いなりでタクシーに乗りこむわけにはいかなかった。

「明日、お互い落ち着いてから話をしましょう」

こういうときはいったん離れてお互い冷静になる必要がある。彩花が踵《きびす》を返すとすぐに大和の声が響く。

「彩花！」

その声に後ろ髪を引かれる気持ちもあったが、彩花は振り返らずに早足で地下鉄の入口へ入ってしまった。

そのまま最寄り駅のスーパーに寄ってからマンションに戻る。郵便物や買い物袋をテーブルに置いたところで、バッグの中でスマホのバイブレーションが鳴っていることに気づいた。

バッグから取りだしたときには音は止まっていて、何気なくディスプレイを確認した彩花はギョッとした。いつのまにか着信履歴が大和の名前で埋め尽くされていたのだ。

「……なに、これ」

時間からすると彩花と別れてからすぐに何度もかけているようだ。もともと連絡がまめな人で、毎日なにかしらやりとりをしているけれど、こんなふうに何度も電話をかけてくるのは初めてだった。

初めて見る大和の一面に、彩花の胸に不安が押し寄せてきた。

付き合う前に大和から自分は重いタイプの男だと聞き納得しているつもりだったが、確かにこれが本気なら少し束縛が過ぎる。彩花のことを思ってくれているのはわかるけれど、患者と会話をしていただけでさっきのように不機嫌になったり、こうして鬼電をしてくるのは少し怖い。

大和ほどの人ならもっと自信たっぷりでいいはずなのに、本気で彩花が誰かに取られるとでも思っているのだろうか。

彩花は折り返し電話をかけようか迷ったが、そう考えている間に再び手の中でスマホが震える。当然着信は大和の名前で、彩花が迷っているうちにコールが止まった。

こんなに何度も電話をしてくるということは、まだかなり頭に血が上っている状態だろう。こんなときに冷静に話せると思えないし、彩花自身も今夜は色々なことに気づいてしまい考えがまとまらない。

彩花はメッセージアプリを開くと大和にメッセージを送った。

――今夜はお話しできません。明日の夜に落ち着いて話をしましょう。私も自分の気持ちをまとめておきます。

簡潔にそうメッセージを送るとスマホの画面を閉じた。

そのあとも何度かバイブレーションがブブブッと音を立てたけれど、彩花はスマホをリビングに置いたまま寝室に行ってしまった。

翌朝スマホを確認すると予想通りメッセージの嵐で、大和からの謝罪の言葉が延々と綴《つづ》られていて、彩花は溜息をつく。

ここまで無視をしたのだから彼が怒っているか、それとも冷静になっているのか際どいところだ。どちらにしても、昨日の大和の態度を思い出し外で会うのはよくないと考える。彼は企業の顔で、昨日のように外で揉《も》めているところを誰かに注目されるという可能性もあるのだ。

ただでさえ社食での交際申し込みが噂になったのだから、今度はどんな尾ひれがついて広がるかわかったものではない。

彩花はしばらく考えて、大和に電話をかけた。すると一回目の呼び出し音が聞こえ始めたとたん大和の声がした。

『もしもし？　彩花？』

もしかしたら朝早いから寝ているかもしれないと思っていたのに、まるでスマホを握りしめて待っていたかのようなタイミングに驚いてしまった。

「あ……お、おはようございます」

『ああ……おはよう』

ホッとしたような溜息交じりの声に、甘いとは思うが一晩連絡を絶ってしまったことが可哀想になってしまった。

「あの、昨日は」

そう切り出した彩花の言葉を大和が遮った。

『悪かった！　昨日はあんなふうに君を不快にさせるつもりなんてなかったんだ。ただ他の男に誘われているところを見たらカッとしてしまって……反省している。だから別れるなんて言わないでくれ！』

一息で捲《まく》し立てられてしまい、すぐに言葉が出てこない。

「……」

『彩花。やっぱり怒っているのか？　君を愛しているんだ。別れたくない！』

「ま、待ってください！　別れるなんて考えてませんから」

どんどんヒートアップしそうな気配に、慌てて口を挟む。やっぱり電話ではなく顔を見て話をした方がよかっただろうか。

でも夜まで大和の声を聞かずにいたら、一日中気になって仕事が手につかなそうだと思ってしまったのだ。彩花だって昨日のデートが中止になったことにはがっかりしていたのだ。

「昨日の大和さんはちょっと怖かったからびっくりしただけです。この電話だって、大和さんと仲直りしたくてかけたんですから」

『本当に？』

まだ疑っているような大和の声に彩花は笑い出してしまった。

「大袈裟《おおげさ》ですよ。カップルなんて多少なりとも揉めたりケンカをしたりするものでしょ？

意見の食い違いや価値観の違いがないカップルなんておかしいじゃないですか」

そこまで大袈裟に捉えられているとは思っていなかったので、大和がそんな気持ちで一晩過ごしたのだと知り罪悪感でいっぱいになってしまった。

「今夜うちに来ませんか？　簡単なものしかできないですけど、夕飯作って待ってますから、ちゃんと話しましょう」

せめてもの罪滅ぼしで提案すると、大和がふたつ返事で頷いたので、彩花はホッと胸を撫で下ろした。

7

部屋のインターフォンが鳴り、ちょうど調理器の電源を切ったばかりの彩花はエプロンを外しながらモニターを覗《のぞ》き込む。思っていたよりも早い到着だから、急いで仕事を切り上げてきてくれたのだろう。

画面には大きな花束を抱えた大和が映っていて、彩花は最初に江崎が花束を抱えて健康管理室に現れたことを思い出してクスクスと笑いを漏らした。

「昨日は悪かった！」

玄関の扉を開けたとたん、目の前がピンク色になって、しばらくして先ほどモニターの向こうで大和が抱えていた、大きな薔薇《ばら》の花束だと気づいた。

「……あ、ありがとう」

とりあえず受け取ったけれど、花束は抱えるとそれだけで大和の姿が見えなくなってしまうほど大きい。彩花は受け取りながらこんなにたくさんの花が入る花瓶がないことが心配になった。

以前に真っ赤な薔薇の花束をもらったときも花瓶に入りきらず、小分けにしてグラスにさしたり、それでも入りきらなかったものはドライフラワーにして、今は花びらにアロマオイルを垂らして枕元に置いてある。

仲直りのたびに花を贈られては大変だからこんなことしないで欲しいと思う反面、大和のような目立つ男性がこんな花束を抱えて玄関に現れて嬉《うれ》しくないはずがない。

まるで叱られるのを待つ子どものように玄関に佇《たたず》んでいる大和を見たら、あれこれ言いたいことがあったのにどうでもよくなってしまう。

「このお花、わざわざ買ってきてくれたんですか?」

彩花の言葉にその場の空気が緩む。

「ああ。前回はなにも考えず赤い薔薇を送ったけど、ちゃんと知り合ってからは君にはピンクが似合う気がしたんだ」

「お花嬉しいです。さ、入ってください」

そう言わなければ大和はいつまでも玄関に立っていそうで、彩花は部屋の中に招き入れた。

「もう会ってくれないんじゃないかと思っていたんだ」

大和が靴を脱ぎながらホッとため息を漏らした。

「まさか。今朝の電話でも言いましたけど、昨日の大和さんは頭に血が上っていたみたいだし、私も一方的に怒られてカッとしてたから、お互い時間をおいて冷静になった方がいいと思っただけです」

「彩花は美人で人目を惹《ひ》くし、やっと彩花と付き合えたのに他の男に取られたらって思ったらつい……本当に悪かったと思ってる」

反省している気持ちは伝わってくるけれど、彼はこれからも同じことがあったら何度でも同じことをくり返しそうだ。

「ああやって患者さんとコミュニケーション取るのも仕事のうちなんです。面談が終了したとしても経過観察は続けていますし、これからも声をかけられることもあると思います」

大和がしゅんとして頷《うなず》いた。彩花よりも背が高く、当然体つきも大きいのに、今は叱られた子どものように肩を落とし小さくなっている。

その姿が妙に可愛らしく見えてしまい、彩花はこれも惚《ほ》れた弱みなのだろうと内心で諦めの溜息《ためいき》をついた。

「でも私が好きなのは大和さんだけです。簡単に他の人に目移りなんかしませんから安心してください」

少しでも大和に安心して欲しくて、昨夜から思っていた気持ちを口にした。

「彩花」

次の瞬間腰を引き寄せられ、大和の腕の中に引き込まれたかと思うとキスで唇を塞がれる。手にしていた花束はいつの間にか靴箱の上に置かれていた。

早く水切りをして花瓶に入れてあげないと可哀想だ。頭の隅でそう考えながら、いつもより情熱的な大和からのキスになにも考えられなくなってしまう。

「ん、まっ……て……」

彩花のわずかな抵抗など大和に届くはずがなく、背中を廊下の壁に押しつけられる。

彩花を囲うように壁に両肘を突いた大和のキスはいつもより濃厚で、二人の舌が絡みつくたびにピチャピチャと淫らな水音が漏れた。

大和の長い舌は、本気を出せば彩花を窒息させられるのではないかと言うほど口腔《こうこう》を埋めつくして、歯列や内頬、口蓋だけでなく舌の付け根まで舐《な》め尽くす。

いきなりこんな本気のキスをしたら止まらなくなってしまうのに。彩花がそう思ったとき、大きな手が部屋着にしているワンピースの裾を捲《まく》り上げた。

とっさにその手を押し戻そうとしたけれど反対に手の中にワンピースの裾を押し込まれる。

「持ってて」

大和は唇を軽く吸い上げた後、今度は露わになった彩花の身体に唇を押しつける。抵抗する間もなくブラも簡単に押し上げられてしまい、大和が素早くその先端を口に含んだ。

「ひぁっ、ん！」

いきなり強く吸われて、彩花の唇からあられもない声が漏れる。濃厚なキスのせいなのか胸の先端は自分でも驚くほど硬く締まっていて、大和の舌がそれを飴玉《あめだま》のように舐め転がす。

「や、ダメ……こんな、ところじゃ……」

大和の前に素肌を晒《さら》すことには慣れてきたが、玄関先でとなると話は違う。仲直りのつもりなのかもしれないが、今夜はちゃんとお互いの気持ちを話し合おうと思って大和を招いたのだ。

しかし大和は彩花の拒否の言葉など聞く耳をもたず、乳首を咥《くわ》えたまま彩花の肩を抱き寄せるともう一方の手でショーツを弄る。

「や、ここで……んん、ぅ！」

拒否の言葉は再びキスで封じられて、ゴツゴツとした指がショーツの中に潜り込んできた。

「んふ……ぅ、んぅ……っ……」

濡《ぬ》れた場所を直に指で撫《な》でられ、腰がビクリと跳ねる。長い指は濡れ襞《ひだ》を割るように何度か上下してから、グッと蜜孔を探して押し入ってきた。

「んぅ！」

濡れそぼった蜜孔は難なく指の侵入を許してしまい、長い指が易々と隘路《あいろ》に収まってしまった。

「はぁ……彩花、すごく濡れてる。こうやって立ったままでするのが好きだった？　それとも俺が来る前から？」

「ち、ちが……」

彩花は真っ赤になって首を横に振った。

今夜の大和は子どもみたいだ。一晩焦らされた仕返しをするかのように彩花が恥ずかしくなるような言葉ばかり口にする。

普段は経営者としての落ち着きもある大人の男性なのに、いつもどこにこんな性急で荒々しい部分が隠れていたのだろうという勢いで彩花に触れてくる。

本当は大和のヤキモチの理由を聞いて、彼の気持ちを落ち着かせたいと思っていたのに、気づくと形勢逆転して彩花がお仕置きでもされているみたいだ。

「違わないよ。こんなにグチャグチャにして」

膣洞の中で指先がわずかに曲げられ擽《くすぐ》るように指を抽送される。そのたびにクチュクチュとはしたない音がして、彩花は恥ずかしさのあまり消えてなくなりたくなった。

しかも恥ずかしいのに身体が疼《うず》いて、気持ちよくてたまらない。指では届かないもっと奥まで感じさせて欲しくて、無意識に腰が揺れてしまう。

壁に背中を押しつけて愉悦に身を任せている彩花を見て、大和はクスリと笑いを漏らした。

「彩花、腰が揺れてる。もっと欲しいって俺の指を締めつけてるのがわかるだろ?」

恥ずかしいけれど本当のことで、彩花は観念して小さく頷くしかなかった。もっと深いところで感じたくて、自分から指に腰を押しつけてしまうほど身体の奥が疼いて仕方がない。

すると大和が突然隘路からずるりと指を引き抜いて、そのまま彩花のショーツを下げて足首へと落とす。なにをされるのかと思っているうちに、大和が彩花の前に跪《ひざまず》いた。

「あ……」

栓がなくなった蜜孔から愛蜜がトロトロと太股を伝い落ち、大和はその片足を持ち上げて自身の肩の上に担ぎあげてしまう。

「……やぁ……っ」

当然濡れそぼった蜜孔が大和の目の前に晒されてしまい、彩花は自分の身体の変化が恥ずかしくてたまらなかった。

口では止めて欲しいと言いながら、こんなにもいやらしく愛蜜を溢《あふ》れさせるなんて淫乱な女だと思われても仕方がない。

いつもと違う少し強引な愛撫《あいぶ》が妙に彩花の心を掻《か》き立てて、身体が反応してしまうのだ。

もともとベッドでたっぷりと愛撫して蕩《とろ》けるぐらい感じさせてくれる人だが、今夜は荒っぽいのに情熱的で、執拗《しつよう》に彩花の身体を愛撫してくることに昂奮《こうふん》している自分がいる。

「ああ、やっぱり。ここもう勃ってるじゃないか」

長い指で肉襞を掻き分けられ、小さいけれど感じやすい粒が押し出される。空気に触れているだけでも敏感に反応してしまうそこに、大和が熱い息を吹きかけた。

「ひぁっ!!」

それだけでお腹の奥がキュンと収斂《しゅうれん》して痛いぐらいの刺激が走る。

大和は彩花の反応に唇を緩めると、口を開けて赤い舌でその場所を愛撫し始めた。

「いやぁ……！　これ、ダメ……あっ、や、ン!!」

舌が動くたびに彩花の腰がびくびくと跳ねる。部屋の中に逃げようにも、片足を担がれているために身動きができない。そのせいで快感を逃すことができず大和にされるがままで、否が応でも身体の中の熱が高まってしまう。

「あっ、やっ、いやぁ……イッ、ちゃう……！」

唯一身体を支えている足と腰がブルブルと震えてすっかり高まった熱が今にも弾けそうになった瞬間、大和はパッと足の間から顔をあげた。

「……大和、さん……？」

突然快感を取り上げられてなにが起きたのかわからない彩花は、呆然《ぼうぜん》として目の前に跪く男性を見下ろした。

「嫌なんだろ？　俺は彩花が嫌がることはしたくないんだ」

口の両端がヒクヒクと震えていて、彩花の反応を面白がっているのだとわかる。本当の拒絶で口にしたことではないと最初からわかっているから、わざと焦らしているのだ。

「もうやめる？　それともベッドでお行儀よくしたい？」

「して……続き、して……」

快感で潤んだ眦《まなじり》に涙が滲《にじ》む。こんな中途半端に昂《たかぶ》った状態で止められたらおかしくなってしまう。

「じゃあ向こうを向いて壁に手を突くんだ」

大和はそう言うと肩に担いでいた片足を床に下ろした。言われるがままに身体を反転させ、大和に背を向ける。

「そうじゃない。お尻を突き出すんだ。わかってるだろ？」

その言葉に彩花は赤くなりながら前屈みになりお尻を突き出すと、ワンピースの裾が捲り上げられる。

背後で服を寛げる気配がして、すぐに蜜口にピタリと硬いものが押しつけられた。

「あ……」

彩花が思わず声を漏らすと、大和が背後から覆い被さってきて耳に唇を寄せる。

「ちゃんと支えてるから、君はなにもしなくていい。ただ感じていてくれ」

硬いものがグッと隘路を押し広げ、ぬぷりと雄竿の先端が挿ってくる。

「ん、あぁ……っ」

いつもとは違うところを雄竿が擦り、彩花の背中が初めての刺激にブルブルと震える。

壁についた手に大和の手が重なり、そのまま壁に押しつけるような勢いで熱い昂りが彩花の身体を貫いた。

「はぁっ」

膣洞いっぱいに大和の硬く膨れあがった雄の存在を感じてしまい、お腹の中が熱くてたまらない。

薄い膣壁を引き伸ばすように硬い切っ先がゆっくりと引きずり出されたかと思うと、再び押し込まれる。

「く……っ、ん、んぅ……」

壁に触れた手がブルブルと震え、大和の肉棒と繋がっていなければ、そのままズルズルと床に倒れ込んでしまいそうだ。

「あっ、あぁ、ん……！」

突き上げられるたびに身体が押しあげられるほど深くまで肉竿が入ってきて、楔《くさび》のように彩花の身体を貫く。あまりにも強い快感が怖くて無意識に身を捩《よじ》ると、それが拒絶の仕草に見えたのか大和は腰に手をかけ、より一層深くまで雄竿を咥え込ませてくる。

グッと押し回され、濡れ襞を太い竿《さお》が大きく掻き回す。

「はぅ……ん、ンッ!!」

肉棒は彩花の中でビクビクと脈動し、グチュグチュと音を立てながら何度も腰がぶつかり合い、激しい愉悦になにも考えられなくなっていく。

「はぁ……彩花の、なか……すごく熱くて、気持ちがいい……」

彩花を壁に押しつけたまま、大和が律動をくり返す。引いては押し、押しては引くをくり返され、狭い膣洞が次第に大和の雄竿の形に馴染《なじ》んでいく。

感じすぎて足がブルブルと震えて、立っているのも限界だ。彩花は頭を仰け反らせ、咽頭を震わせて懇願した。

「あっ……も、ダメ……ぇ……」

それなのに大和は彩花にさらなる快感を与えようとする。片手を前に伸ばし、彩花がすぐに感じてしまう鋭敏な小さな粒に指を這《は》わせたのだ。

足を開いて立っているために無防備になった肉粒を、指先がクリクリと捏《こ》ね回す。すでに痛いぐらい立ちあがっていた肉粒への刺激で全身が戦慄き、膣壁が肉竿を強く締めつけた。

「やっ、一緒……だめ……ぇ……っ」

「く……っ、どうして？　イキたかったんだろ？」

「や、いや……こんな、あっあっ、こわ、い……！」

確かにさっき途中で快感を取り上げられたときは早くイカせてほしいと思ったけれど、大和の前でこんな痴態を晒してしまい、今は早くこの甘い責め苦から解放されたくてたまらない。

こんなに簡単に快感にまみれて、もう大和なしではいられなくなってしまうのも怖かった。

「彩花はこうされるのが好きだろ？　好きって言うんだ。そうすればもっとよくなる」

片手は肉粒を捏ね回し、もう一方の手が胸の膨らみを鷲《わし》づかみにする。硬く締まった乳首を指で押し潰され、次々と追いかけてくる愉悦になにも考えられなくなってしまう。

「彩花？　イキたい？」

熱に浮かされたときのように頭がぼんやりしてきて、なにを言われているのかも理解できないまま、彩花はガクガクと頷く。

「これ、好き、好きだから……イカせ、て……！」

「いい子だ」

大和は彩花の耳朶《みみたぶ》に優しく口づけると、再び律動を速める。ふたりの間からはグチュグチュと耳を塞ぎたくなるような音が漏れ、肉竿が突き上げるたびに狭い隘路から淫蜜が押し出された。

ぬめるそれは、彩花の太股だけでなく大和の竿の周りにもまとわりついていく。

「あっ、あっ、あぁ……‼」

耳元で聞こえる大和の呼吸も荒々しい。接合部分に伸ばされていた指が肉粒をキュッと押し潰した。

「ひぁあっ‼」

次の瞬間彩花は身体を跳ね上げ、背中を大きく反らせる。痙攣《けいれん》する彩花の身体を大和の腕が押さえつけるように抱きしめた。

「あ、あ、あ、あぁ……」

唇から意図しない断続的な喘《あえ》ぎ声が漏れる。背後で大和も身体をブルリと震わせる気配がして、彩花の身体を拘束していた腕の力がわずかに緩む。

「はぁ……ん……」

これ以上は自重に耐えきれなくなり、膝から力が抜けてその場でズルズルと膝を折ってしまう。そのせいで膣洞から雄竿がずるりと抜け落ちた。

気づくと大和の足の間に座らされて、荒い呼吸で波打つ胸に頬を寄せて目を瞑《つぶ》っていた。

「彩花……」

気づくと額や身体が汗ばんでいて、大和からも同じ汗の匂いがする。

「彩花、愛してるんだ。お願いだから……俺のそばにいて」

大和が濡れた額に唇を押しつける心地よい感触に、彩花はうっとりとしながら余韻に浸っていた。

＊　＊　＊

「美味しかったよ」

食べ終わった食器をシンクに運びながら大和が言った。

「あまり手が込んだものじゃなくてすみません。それに唐揚げも温め直したからちょっと硬かったですよね？　今度は大和さんが来てから揚げるようにします」

こちらから招いたのだし夕食を作ってもてなそうと思ったけれど、仕事帰りに買い物をして食事の支度となると時間が足りない。

辛うじて唐揚げと味噌汁《みそ》は手作りしたが、サラダはスーパーで買ってきた出来合いをお皿に盛り付けただけだし、冷や奴も切って器に入れただけだ。しかも大和が訪ねてくるなりあんなことをしたから、夕食の時間と言うにはすっかり遅くなっていた。

世の働く既婚女性たちは毎日こんなことをしているのだと思うと頭が下がる。結婚するとこんなふうになるのかとシミュレーションしているみたいだが、その頃にはもう大学病院に戻っているか、実家の病院で働いているかもしれない。

そこまで考えて、大和は自分との結婚をどんなふうに考えてくれているのだろうかと思ってしまう。

まだ付き合い始めたばかりだし気が早いが、大和や自分の年齢なら想像してもおかしくない近い未来だ。

そもそも大和のように地位もある魅力的な男性が今まで独身でいたことの方が不思議なぐらいで、これまでどんな恋愛をしてきたのかとか、どんな女性と付き合ってきたのか気になってしまう。

大和の性格も随分理解できるようになったけれど、それを尋ねるのは踏み込みすぎている気がして聞けなかった。

彩花は食洗機に食器を入れてからソファーに座る大和の様子を窺った。

「今日はアイスぐらいしか甘いものがないんですけど、コンビニでもよければなにかスイーツ買ってきましょうか？　大和さん、食後は甘いものが欲しいでしょ？」

エプロンを外しながらリビングに入っていくと、大和が彩花の手首を摑《つか》んで引き寄せる。自分の膝の上に座らせると、柔らかい笑みを浮かべて彩花の顔を覗き込んだ。

「もっと甘いものがここにあるじゃないか」

上機嫌でチュッと彩花の唇にキスをすると、大きな手のひらで背中を撫で下ろした。

「んっ」

「くすぐったい？」

「ん」

小さく頷くと、大和はさらに背中を撫で回し、もう一方の手をお尻のラインに這わせる。

「もう……まだ食器とか片付けてないし」

「食洗機に任せてるだろ」

「そうだけど」

ついさっき、しかも玄関で愛し合ったばかりなのにと思いつつ、自分から大和の首に手を回しキスをしてしまう。

啄《ついば》むようなキスはすぐに深くなり、ふたりの舌が絡み合ったときだった。

玄関の方でカチャンと鍵の回る音が聞こえて、彩花はビクリと肩を揺らして顔をあげた。

「……え？」

一瞬大和の顔を見つめると、玄関の方から声がする。

「彩花～？」

その声を聞き、彩花は慌てて大和の膝の上から滑り降りる。急いで大和の隣に腰を下ろしたとたん、玄関に通じる扉が開いて、次兄の正貴《まさき》が姿を見せた。

「なんだよ、いるじゃん……って、客だった？」

突然の来訪を詫びるわけでもなく、正貴は当たり前のようにリビングに入ってくる。

「もぉ……来るなら来るって」

「誰だ！　彩花とどういう関係なんだ!!」

彩花の言葉を遮って、隣に座っていた大和がパッと立ち上がり正貴に詰め寄った。突然のことに彩花はなにもできずに呆然としてしまう。

正貴に摑みかかる大和の姿に頭の中が真っ白になる。

「どうして彼女の部屋の鍵を持ってるんだ！」

襟元に手をかけ揺さぶる仕草に、彩花はやっと我に返ってその腕に飛びついた。

「大和さん、待って！　兄です！　この人兄なんです!!」

「……え？」

呆然とした大和が手の力を緩めたとたん、正貴がよろけながらダイニングテーブルに手をついた。

「はぁ……っ、なんだよ……」

「正兄、大丈夫？」

「ああ」

正貴はお酒を飲んでいるようで、彩花の手を借りて椅子に腰を下ろした。

「もう、来るなら来るって連絡してよ」

彩花が溜息交じりに呟いたときだった。

「も、申し訳ありませんでした！　お兄さんだとは知らず……突然知らない男性が入ってきたので……」

大和が深々と頭を下げた。するとやっと落ち着いたのか、正貴の方がばつの悪そうな顔をした。

「大丈夫ですよ。勝手に入ってきた俺も悪かったんで。彼女の部屋にいきなり知らない男が入ってきたら驚きますよね」

「いえ！　全面的に早とちりをした私の責任です。申し訳ございません。なにかありましたらこちらまでご連絡ください。治療費などきちんと責任を取らせていただきますので」

そう言って大和が差し出した名刺を見て、正貴は一瞬目を丸くした。

「いやいやいや、治療費とか大袈裟ですから。もう頭を上げてください。驚いただけで怒ってないんで」

「いや、しかし」

「大和さん、兄もこう言ってますから」

このままでは生真面目な大和は、いつまでも引き下がらないだろう。安心させるように大和の腕に手を置くと、決まり悪そうな顔で彩花を見下ろした。

「彩花、すまない」

「いえ、兄が今もこの部屋の鍵を持ってて、たまに立ち寄ることを説明していなかった私も悪いんです」

　彩花はそう言うと顔を顰めて正貴を振り返る。

「どうせ友だちと呑んでて、横浜まで帰るのが面倒になったから泊まるつもりで来たんでしょ？」

「悪い。彼氏が来てるとは思わなくてさ」

　申し訳なさそうに顔の前で両手を合わせる正貴を見て、彩花は溜息をついてから大和を見た。

「大和さん。せっかく来ていただいて申し訳ないんですけど今日は……」

「ああ、もちろんだ。お暇するよ」

　大和が案外あっさりと引き下がってくれたことに、彩花はホッと胸を撫で下ろした。

　先ほどカッとして正貴に摑みかかった勢いを見ていたから、兄妹であることすら信じてくれないのではないかと心配していたのだ。

　それにしても昨日のこともそうだが、大和は思っていたより短気だ。江崎の話を聞く限りぶっきらぼうなところはあるが、仕事上でカッとしやすいとか切れやすいと聞いたことはない。

　どちらにしても、今回のことは大和ときちんと話し合う必要があると思いながら当たり障りない言葉をかけて見送ると、リビングに戻って改めて兄を睨《にら》みつけてしまった。

「もう！　お兄も来るなら連絡ぐらいしてよ！」

「一応メッセージ送ったぞ。既読にならなかったけど……それにまさか彩花が男連れ込んでると思わねーもん」

兄の言い分もわからなくはない。これまでも都内で呑んでいて横浜まで帰るのが面倒になったとこちらに泊まることが何度かあったし、彩花もそれが当たり前だと思っていたからだ。

しかし、先ほど廊下でことに及んでいたときに兄が入ってきていたらと思うとゾッとする。次回はどんなに盛り上がっていても廊下ではしないし、なによりドアガードをするのを忘れないようにしようと誓った。

「と、とにかく今度から私の許可なく入ってくるの禁止！」

「親父のマンションなんだから俺にだって権利が」

「いいから‼　今日は彼氏だったけど、女友達が来ててお風呂に入ってたなんてことになったら大問題でしょ！」

「……わかったよ。今度からちゃんと彩花の許可を取ります」

お酒の入っている正貴がどれだけ今日のことを理解しているかはわからないけれど、とりあえず少しでもニアミスの確率を減らせることにホッとする。

「ていうか……今日のことはお母さんたちには内緒にしてね」

「男を連れ込んでいたこと？　それともおまえの男だと誤解されたこと？」

「両方‼　大和さんのことはそのうちちゃんと紹介するつもりだから！」

〝男を連れ込む〟という表現が生々しく聞こえて、彩花は赤くなった。そもそもこんな形で兄に交際相手を知られるなんて恥ずかしい。

「ふーん。まあいいけど。ていうか、あの人めっちゃエリートじゃん」

「え?」

正貴が手にしていた名刺をヒラヒラと振って見せた。

「スマイル製菓社長って……ああ、いまおまえが産業医で行ってる会社か」

「まあ……ご縁があったというか」

初対面で大和を怒鳴りつけたら交際を申し込まれたとか、兄に恋人の話をするのは照れくさくて、彩花は曖昧に返事をした。

「まあ身元もしっかりした人みたいだからいいけど、なかなか熱い人だな。まさかいきなり突っかかってくるとは思わなかった」

「あ、あれは、まだ付き合い始めたばかりだから」

とっさにそう返したものの、内心では兄の言葉は自分も考えていたことなのでドキリとしてしまう。

以前から大和の自分に対するヤキモチというか執着心は過剰なような気がしていたが、正貴から見ても気になるようだ。

「そっか。付き合い始めなんてそんなもんか。まあよかったわ。俺のせいで妹が彼氏と別れたとか洒落《しゃれ》になんねーし。じゃあオレ寝るからさ。明日六時に起こしてよ。午前中外来担当なんだ」

正貴はそれだけ言うと、さっさと自分の部屋に引き上げてしまった。

「……」

兄の姿が消えると、彩花はキッチンカウンターに置きっぱなしになっていた携帯電話を手に取った。

ディスプレイには兄の言葉通りメッセージの通知が表示されていて、アプリを開くと一番新しいメッセージは正貴ではなく大和だった。

どうやら帰り道のタクシーの中からのようで、今日のことを謝罪する言葉と明日の午後から出張に出掛けることを、ここ数日の出来事のせいで伝えそびれてしまったという内容だった。

今日の激高した様子を見て、明日から大和とどう接しようか迷っていた彩花は、ホッとする反面、このまま今日のことがうやむやになってしまうのが心配だった。

先日から彩花に関わる男性に対して、大和が過剰に反応していることには気づいていた。大和の心配は大袈裟すぎると思うのだが、いつの間にかそういうところも含めて大和を受け入れてしまっていた。

彼は年上だし世間的に地位もある立派な男性だが、彩花にヤキモチを焼くところは子どものようで、ついつい甘やかしてしまいたくなる。

これも愛されている印なのだと、脳内お花畑だったこともあるが、最初の出会いで大和を怒鳴りつけて諭したからなのか、なんとなく母親か姉のような目線になってしまうのだ。

先ほどのメッセージも午後に出掛けるとわざわざ書いているのは、ランチタイムの寸暇でもいいから会いたいという意思表示に思えた。

彩花が敢えてそのことに言及しないでいると、案の定翌日になって江崎が健康管理室に電話をかけてきた。

「はい……お電話替わりました。山本です」

『先生、今日のご昼食の予定はいかがですか？　桜庭が午後から地方のイベント視察で出張なので、よろしければ昼食を一緒にいかがかと』

江崎の言葉に彩花はひとりで唇を緩めてしまった。昨日の今日で自分から言い出せずに、江崎に連絡させたのだろう。

「わかりました。お昼になったらそちらに伺うと伝えてください」

『ではお食事を手配しますね。今日は和食などいかがですか？　実はお勧めの』

「あのっ、そのことなんですが、今日のお昼は私に任せていただけませんか？」

彩花は慌てて江崎の言葉を遮った。

『え？　よろしいんですか？』

「ええ。できれば桜庭さんには内緒でお願いします」

桜庭に内緒という言葉に、電話の向こうで江崎が笑う気配がした。彼を驚かせたいという趣向を面白く思ったのだろう。

『承知いたしました。お飲み物はお茶とコーヒーどちらをご用意しておきますか？』

「そうですね。温かいお茶がいいと思います」

『かしこまりました。では後ほどお待ちしております』

彩花は時計が十二時になるのを確認してから社長室に向かった。

いつも江崎が座っている控え室を覗くとちょうど電話をしているところで、彼が〝どうぞ〟という顔で扉を指してくれたので、会釈をしてから扉をノックした。

「……失礼しまーす」

そっと扉を開けると、パソコンの画面を見つめていた大和がパッと顔を上げる。彩花の顔を確認して、安堵《あんど》したような表情になった。

というかそれはわずかな表情の変化で、それに気づいた自分はすっかり彼の表情を読み取る達人になっていると、内心苦笑してしまった。

その顔は子どものようで、男性に対して失礼だが可愛い。やっぱり大和には放っておけないところがあるのだ。

「彩花。江崎が今日の昼食は秘密だと言って教えてくれなかったんだ」

その言葉に彩花は手にしていたトートバッグをかかげて見せた。

「今日はお弁当なんです」

手早く応接セットの机にバッグの中身を広げた。

二段のランチボックスの中身はマカロニサラダに茹《ゆ》でたブロッコリーやプチトマト、焼いたソーセージに卵焼き、昨日の残りの唐揚げも入っている。

「これ……わざわざ作ってくれたの？」

目を丸くした大和の顔を見たら、急に照れくさくなる。

「べ、別にわざわざっていうか……昨日の唐揚げが残ってたんで」

「でも昨日は、卵焼きもマカロニサラダもなかっただろ」

「……」

「彩花は朝が苦手だから、お弁当を作る時間があるなら寝ていたいって言っていたじゃないか。それなのに俺のために作ってきてくれたの？」

大和の言葉が続けば続くほど、どんどん本当のことが言い出せなくなっていく。最初は昨日の今日で会話に困りそうだから、話のきっかけになればと思っていたのだが、気づくと大和の喜ぶ顔がみたくて早起きしてしまったのだ。

「きょ、今日はたまたま早く目が覚めただけですっ。兄に六時に起こして欲しいって頼まれていたし……ほら、早く食べないとお昼休み終わっちゃいますよ」

彩花は早口で言うと先にソファーに腰を下ろしたが、明らかについでではない豪華なお弁当だという自覚があるから、大和の視線を感じて頬が熱くなってくる。

「昨日はごめん」

大和が隣に腰を下ろし、彩花の手を取った。

「彩花にお兄さんがいるって聞いていたのに、知らない男の顔を見たらついカッとしてしまったんだ」

「もう怒ってないです。というか、最初から怒ってはなかったんですよ。でも大和さんはすぐカッとするし、少し早とちりが過ぎるなとは思いますけど……」

それでもやっぱり嫌いになれないのだ。

「昨日は突然来た兄も悪かったので気にしないでください。邪魔をして申し訳なかったと、大和さんに伝えてほしいって言ってました」

すると大和はがっくりと肩を落とす。安心させたつもりだったが、逆に落ち込んでしまったようだ。

「まずったな……彩花のご家族に悪い印象を与えてしまった。結婚の挨拶に行って門前払いされたらどうしよう」

大和がさらりと口にした〝結婚〟という言葉に、彩花は大和に握られていた手をビクリと震わせた。

「結婚なんて気が早いと思った？」

彩花の戸惑いに気づいた大和が苦笑いを浮かべる。

「いえ……まだ付き合い始めたばかりだし、大和さんがそこまでちゃんと考えてくれているとは思わなかったので」

昨日夕食の片付けをしながら、結婚したらこんなふうになるのかもしれないと想像していたのを思い出す。あのとき、大和も同じことを考えていたのだろうか。

「今すぐじゃなくてもいい。俺は彩花と結婚して一緒に暮らしたいと思ってる」

「……」

「仕事もキャリアもある彩花にはすぐには考えられないかもしれないけど、俺はそういう気持ちだって知っていてほしい。彩花がそばにいてくれるなら仕事もセーブするし、毎日食事も取るし、夜だって彩花を抱いてちゃんと眠る。もう彩花なしでは生活が成り立たなくなっているのかもしれないな」

「そんな大袈裟な……食事や休息は自分と社員の人たちのためですよ」

「わかってる。だから彩花にそばにいて欲しいって言ってるんだ」

　相変わらず彩花に対して拘りの強い発言にとっさに言葉が出てこなくて、彩花はこっくりと頷いた。

8

大和が出張に出掛けて三日後、彩花は大学の同期の飲み会に参加していた。

タイミングの悪いことに大和が出張から帰ってくる日で、昨夜電話で予定を尋ねてきた彼をガッカリさせてしまった。

『彩花、明日は早めに東京に戻るから一緒に夕食を食べようか』

予め飲み会があることは伝えてあって、その話をしたときは、翌日の休日にゆっくり会おうという約束になっていたはずだった。

しかし予定より早く帰れることになり、早く彩花に会いたいと思ってくれたらしい。

「あの、明日は大学の同期の飲み会があって」

『ああ、そうだった。君に早く会いたくてすっかり忘れてたよ』

「ごめんなさい」

『楽しんできて。もし遅くなるなら迎えに行こうか？』

「ありがとうございます。でも時間もわからないし、迎えなんていりませんから、大和さんはちゃんとおうちで休んでください」

そう言って電話を終えた。

同期の飲み会は年に一度は開催されていて、彩花もなるべくスケジュールの都合をつけて参加するようにしている。国家試験対策や研修医時代に苦楽を共にした、いわば同じ釜の飯的な連帯感があり会話も弾むからだ。

産業医として勤務するようになって週五日勤務、祝祭日は休みというサラリーマン生活をするようになったので、友人との食事やこういった飲み会も参加しやすくなった。

私立の医大は圧倒的に医師の子弟が多く、彩花のように親が開業医の場合はすでに実家の病院に戻っていて、地方在住という人も少なくない。わざわざこのために上京する友人も多く、彩花も毎年楽しみにしている集まりだった。

今年の会場はイタリアンレストランのパーティールームを貸し切りにしていて、参加者は三十人ほどと聞いていたが、彩花が会場に着いたときにはすでに参加者の半分以上が顔を揃《そろ》えていた。

「彩花～！」

「おう、彩花じゃん」

医学部は圧倒的に男性の比率が高く、彩花の年齢だと女性は子育て中という人も多い。他学部の友人には、男性が多いから少数派の女性はモテるだろうと聞かれるが、みんな勉強や実習に追われて、案外そういう雰囲気になることは少なかった。

もちろん学部内で付き合ってそのまま結婚したというカップルもいるけれど、二十代後半の医師などまだ駆け出しなので、同級生の男性は未婚の方が多かった。

「ほら、こっち座れよ」

「なに飲む？　ビール？　彩花はワインだっけ？」

数人の同級生に手招きされて、空いていた席に腰を下ろした。

個人的に少人数で集まることはあってもこれだけの規模となると一年ぶりなのでまずはお互いの近況や会場にいない友人の噂《うわさ》話に花が咲く。

「希海《のぞみ》ちゃんは産休だっけ？　あと伊東真結《いとうまゆ》、あいつ研修医のときの担当ドクターと結婚したって」

「そうそう。真結から入籍したって連絡きたよ。ご主人の内山《うちやま》先生、今麻酔科部長でまとめて休みにくいから結婚式はしないみたい」

真結からはつい先日入籍の連絡をもらったばかりで、近々仲のよかった女子でお祝いのランチ会をしようという計画をしている。

「ドクター同士か。俺は同業者の奥さん嫌だけどな～」

「どうして？」

少し離れた席で話を聞いていた同期の女性が声を上げる。

「だってお互いドクターだと時間も合わなくなるし、向こうの方が優秀だったら嫌だろ」

「なにそれ。女々しいなぁ。佐伯《さえき》くんはそんなこと言っているからモテないんだよ」

「いいんだよ。俺は適当に遊んだら可愛くて若い看護師と結婚するから」

「うわ。適当に遊ぶとかサイテー」

彩花は思いきり顔を顰《しか》めた。

「真結ちゃん、小柄で可愛かったから、研修医時代から目をつけられてたんだろうな」

向かいに座っていた男性が悔しそうに呟《つぶや》くのを聞いて、彩花はテーブルに頬杖《ほおづえ》を突くとジロリと男性を睨みつけた。

「私たちは可愛くなかったって聞こえるんだけど？」

「そうだそうだ！　彩花言っちゃえ！」

他の女性たちも囃《はや》し立てる。もちろんわざとだとわかっているから、周りが一斉に噴き出した。

「彩花は当時大学病院にいた兄貴たちが目を光らせてたから、先生たちもおいそれと声なんてかけられなかったんだよ」

「それに真面目だったから、勉強以外のことを話題にしたら怒られそうだったし」

確かに優秀な兄ふたりの妹として恥ずかしくないように頑張らなければと、いつも気を張っていたのは認める。でもそんなに近づき難いガリ勉の空気を醸し出していただろうか。

実際に兄たちが大学病院にいて良かったことといえば、教授たちに早く名前を覚えてもらえたことぐらいだ。

「それに総合病院のご令嬢だし、下々の男なんて相手にしてなかったじゃん。高嶺《たかね》の花ってやつ」

「高嶺の花？　それにしては昔も今も扱いが雑じゃん！」

彩花が強く言い返すと、周りがまたドッと笑った。

「それで？　まさか今も高嶺の花を貫いているから独身ってことはないよな？」

「失礼ね！　独身だけど彼氏はいます～！」

しかも出来立てホヤホヤのエリートイケメンだ。

「同業者？」

「えーと……か、会社員？」

正確には会社役員というか代表取締役だがそこは割愛しておく。社長が恋人だなんて言ったら、やっぱり高嶺の花だなんだとからかわれそうだ。

「結婚は？」

「うーん、追々したいねって話はあるけど」

大和に結婚も考えていると言われたばかりだったのでドキリとしたが、まだ彩花自身はそのことについて真剣に考えたとは言いがたい。ただ大和と一緒に過ごすのは楽しいと感じるばかりで、結婚後の具体的な生活は想像できなかった。

本当は仕事を続けて行く上でどうするのか、契約が終了し大学に戻っても、今までのようにフルタイムと夜勤の連続勤務などできるのだろうかと心配になってくる。

そういう現実を考えるのが面倒で逃げているところもあるのだが、このままふたりの付き合いが続けば嫌でも考えなければならないだろう。

「もう！　みんな私のことより自分の心配しなさいよ。そりゃ男性医師は若い看護師とか職場で出会いもあるんだろうけど」

「いやいや、看護師なんて若い医師には結構冷たいんだぜ。ちょっと伝え方が悪いと鬼の首でもとったみたいにケチつけられるしさ」

「わかる～うちの病棟の看護師もメチャクチャ怖いんだよ～」

お酒が入ってくると愚痴大会になるのはいつものことで、彩花は笑いながらみんなの話に耳を傾けた。

「よう。仕事は順調？」

そう声をかけてきたのは、都内のメンタルクリニックで働いている五十嵐《いがらし》だった。専門はもちろん心療内科で、彩花も産業医としてメンタル系の患者と向き合う上で何度か相談を持ちかけていた。

五十嵐はかなりの行動派で、いろいろな提案をすることで、まだ臨床医としての経験が浅い部分を補い、上司に一目置かれているらしい。

例えば外来の時間外に、通院中の患者に限って、オンライン診療をしたりカウンセリングを受けられるようなシステム作りに貢献したそうだ。患者にも概ね好評で、ネットの口コミでも評判がいいらしい。

彩花も健康管理室で働いてみて、深夜ひとりになった時に不安を感じるという話をよく耳にしていたので、その話を聞いた時はなるほどと思ったのだ。

「この間は相談に乗ってくれてありがとう。おかげさまで仕事は順調だよ。そっちは？」

「ぼちぼちかな。毎日同じことの繰り返しで物足りないこともあるけど」

「五十嵐くんは自分のクリニックを持った方がいいよ、絶対」

「まあね。将来的には考えてるけど、今は経験を積まないと」

曖昧な表情を浮かべた五十嵐を見て、チャレンジャーは色々大変なのだろうと思った。

「そういえば彼氏ができたって聞いたけど」

揶揄《からか》うような言い方に彩花も曖昧に返す。

「まあね」

「会社員だって？」

「誰よ、言いふらしてるの」

彩花は苦笑しながら、ふと彼になら桜庭とのことを相談してもいいのではないかと思った。

今の今まで誰かに相談するなんて考えたこともなかったけれど、五十嵐なら大和の執着心について冷静な判断を下してくれそうな気がした。

「実はさ、ちょっと聞きたいことがあるんだけど」

彩花はそう口にして周りを見回した。個室を借りているからみんな遠慮なく大きな声で会話をしていて、雑音が多く相談事には向かなそうだ。

すると彩花の視線に気づいた五十嵐が椅子から立ち上がる。

「ちょっと抜けよう。外にバーカウンターの席がある」

「うん」

彩花と五十嵐がバーエリアに行くとカウンターにはカップルが一組座っていただけで、バーテンダーは快く席を勧めてくれた。

新しい飲み物を注文し、運ばれてきたものを一口飲んでから彩花は口を開いた。

「今付き合ってる男性《ひと》のことなんだけど」

「うん」

「まだ付き合い始めて一ヶ月弱……あ、知り合ったのはもう少し前なの。ええと……実は出向先の社長とお付き合いをするようになって」

「へえ」

「でね、すごくいい人なんだけど、ちょっとヤキモチ焼きっていうか、執着心が強いっていうか」

彩花はこれまで他の男性と話をしていたときに大和が言った言葉や、過剰な反応に喧嘩《けんか》別れしそうになったこと、兄と鉢合わせになったときの出来事などを思い出しながら口にした。

五十嵐は会話の合間に軽く相槌《あいづち》を打ち続きを促してくるが、話の邪魔はしない。普段から患者の話を傾聴する仕事だからだとは思うが、とても話しやすかった。

「私は彼が心配性過ぎるかなって思ったんだ。別に束縛されるのは嫌じゃないけど、カッとしやすいのが気になるっていうか」

　違和感を覚えた出来事をいくつか口にして、どれも些細《ささい》なことで自分が気にしすぎなのではないかと思えてくる。こんなことを相談するなんて、五十嵐に心配しすぎだと笑われるだろう。せっかくの集まりを抜けてまで聞いてもらうほどの話ではなかった、そう思ったときだった。

「おまえもまたわざわざ面倒くさい男と付き合ってるな」

　五十嵐が大きな溜息《ためいき》をついて、彩花を見つめながらカウンターに頬杖を突いた。

「え？　そ、そうかな？」

「学生の頃のおまえなら絶対面倒くさい！　って言って、付き合うどころか近づかないタイプの男だろ」

　確かにさっき他の人にも言われたが、学生時代は男性と付き合うことが勉強の邪魔になると思っていたのは認める。でもあの頃と今では自分の立ち位置も変わってきて、気持ちに余裕があるから大和のような男性を受け入れられているのかもしれない。

「私も大人になったんだよ。それに少しヤキモチが過ぎるぐらいで、その他はいい人なんだもん。仕事も一生懸命で、社員のことを一番に考えている真面目な人なの」

「でもなにかが引っかかるから俺に相談したんだろ？」

「……」

「あのさ、あくまでも医師が話す参考意見として聞いてくれよ？」

五十嵐がそう前置きをする。

「執着や独占欲は、相手のことが好きすぎていても立ってもいられなくなる衝動で、相手を自分だけのものにしたいと思うのは、正常な思考と感情なんだ。ただ普通はみんなどこかでやり過ぎないように理性が働いてブレーキをかける」

「……うん」

「ただその彼の場合普通の人よりも不安を感じやすくて、それが行動に出てしまうタイプなんだ。だからその不安な部分を満たしてやれば決して危険人物ってわけじゃない。俺はその彼のことを詳しく知っているわけじゃないからその程度のアドバイスしかできないけど、まあ接し方次第なところはあると思うよ」

彩花は五十嵐の言葉にホッと息をついた。

「独占したいって思われるのは嬉《うれ》しいの。彼、すごく素敵な人で社内でも女性に人気があるんだ。私も彼が他の人に注目されるのは嫌だもの」

社員食堂で大和と食事をしたあと、女子社員にあからさまにじろじろ見られたり、コソコソ囁《ささや》かれていたことを思い出す。彼を気にしている女子社員が多いことに、改めて驚いたのだ。

「ごめんね。こんなとりとめのない相談しちゃって。でも五十嵐くんに話を聞いてもらって、私次第なのかなってわかった。ありがとう」

彩花が軽く頭を下げると、五十嵐はなぜか難しい顔になる。

「まあ俺個人としては、あまり深入りするのはお勧めしないけど。まだ付き合いが浅いなら、手を切るって方法もあると思う。別れるなら早いほうがいいぞ？」

「わ、別れる？　そんなこと……」

考えたこともない。これまで何度か彼の過剰な反応を見ても一度だってそんなことを思いもしなかった。

ふと、先日彩花が一晩連絡を絶ったあとに、別れたくないと言われたことを思い出した。大和はちょっとした喧嘩でも別れを想像してしまうほど真面目な性格なのだと思ったが、五十嵐からみればそれもかなり過剰な反応なのだろう。

「五十嵐くんが心配してくれるのは嬉しいけど、今のところ別れるつもりなんてないの。でもちゃんと話し合ってみるね」

いつも大和に謝られるとこちらも悪い部分があったと言って許してしまうが、されたくないことと許せることを線引きして、ちゃんと話し合った方がいいのかもしれない。

この先いちいちカッとされていては、違和感が少しずつ積み重なってギスギスしてしまいそうだ。

五十嵐のアドバイスに従うなら、自分はどんなときも大和のもので、彼を裏切ることなどないと信じてもらえるようにすればいい。

ただそれがどんな方法なのかすぐに思いつかないのが辛いが、前向きに考えてみようと思った。

五十嵐に話を聞いてもらった彩花は少し気分が楽になり、再び仲間と合流して二次会のカラオケまで参加してしまった。

店をでたときにはすでに終電の時間を過ぎていて、宿泊しているホテルで飲み直す組とタクシーに乗りこむ組になる。彩花はタクシー組で、五十嵐ともうひとり永野《ながの》という同期と一緒に同じ方向のタクシーに乗りこんだ。

「彩花、まだあのマンションなんだ。兄貴と一緒に住んでるんだったよな」

助手席に座っている永野の言葉に頷く。地方からこちらの大学に出てきていると当然親が用意した賃貸マンション暮らしというのが定番だが、彩花たち兄妹のように自宅からも通える距離に親が通学用のマンションを用意してくれるのは珍しく、当時仲間内でよく羨ましがられた。

兄がいたから家に押しかけられることはなかったが、兄の許可を取って何度か勉強会という名の宅呑《の》みをしたことがある。

「兄は半年前に結婚して、今は実家の総合病院の近くに住んでるの。だから今は初めての一人暮らし中」

「マジか。今度遅くなったら泊まりに行こう～」

「バカ、彼氏に怒られるぞ」

五十嵐の突っ込みに永野は笑ったが、彩花はドキリとしてしまった。

たとえ友人だとしても見知らぬ男性が部屋にいたら、兄のときの二の舞になってしまいそうだ。

彩花のマンションが最初の目的地で、財布の中からお札を取り出した。

「これ、私の分のタクシー代」

「いいって。一応ドクターはそれなりの給料もらってるんだから」

五十嵐が首を横に振る。永野もこちらを振り返って言った。

「そうそう。領収書もらって経費にするし」

「いいの？　ありがとう」

彩花がもう一度ふたりに別れの言葉を言いかけたときだった。

「……おい」

五十嵐に腕を突かれ、彼が見つめる視線の先を追う。

「あ」

「……もしかして、彼氏？」

「あ……うん」

マンションの自動扉のそばにスーツ姿の大和が立っていて、こちらの様子を窺《うかが》っている。

「一緒に行こうか？」

「だ、大丈夫。五十嵐くんがきたら逆に誤解させちゃうかもだし」

彩花は慌てて笑顔を作ってタクシーを降りた。

「おやすみなさい。ふたりとも気をつけてね」

「……あとで連絡する」

扉が閉まる間際五十嵐がそう言ったのが聞こえたが、彩花は軽く頷いただけでなにも言わなかった。

大和に気づいていないふりをしてタクシーを見送る。それからひとつ深呼吸をして、エントランスへ向かう。ライトアップされたスロープまで来るとさすがに気づかないふりもできず、彩花は自然に見えるようにと思いながら目を見開いた。

「大和さん⁉」

わざとあげた大きな声が上擦って聞こえる。自分は嘘《うそ》が下手な質かもしれないと思いながら大和に駆け寄った。

「どうしたんですか？　こんな時間に」

「やっぱり今夜のうちに君に会いたくてね。そろそろ帰ってくるかなって来てみたんだ」

そう言いながら彩花に触れた大和の手はいつもよりひんやりとしている。

「連絡してくれればよかったのに。大和さん、夕食食べました？」

「え？　いや、まだだけど」

「もう！　手が冷たくなってますよ！　また低血糖でも起こしてるんじゃないですか？」

慌てて顔を見上げたけれど、顔色はそこまで悪くはなさそうだ。しかも彩花の心配をよそに、表情の読めなかった唇に笑みが浮かぶ。

「彩花にそうやって怒鳴られるとホッとするな」

大和が嬉しそうに言った。

「怒鳴ってません！　心配してるだけです。とにかく中に入りましょう」

彩花はさらに嬉しそうに笑う大和の手を引いて自分の部屋に向かった。

「すぐに簡単なものを作りますから座ってください」

冷蔵庫から材料を取り出して、手早くネギたっぷりの肉うどんを作り大和の前に置く。

「おまたせしました」

「ありがとう」

大和が素直に箸を取るのを確認して、冷たいお茶をグラスに注いだ。

「どうぞ」

大和が美味しそうにうどんを啜《すす》る様子にホッとするが、逆に今夜のことをなにも聞いてこないのが気になった。

明らかに無関心を装おうとしているのはなんとなく感じるが、タクシーから降りてくるところも、連れがいる様子だったところも見ていたはずなのになにも言わないなんて、逆になにかあるのかと心配になる。

大和の様子を窺っているうちに、彩花の方が黙っていられなくなってしまった。

「大和さん、聞かれないから自分から言いますけど、さっきタクシーで一緒だったのは大学の同期のドクターで、帰り道が一緒だったからマンションまで乗せてもらっただけです。大和さんが心配するようなことは一切ないですからね」

「……わかってる」

大和は一言そう答えたが、その声は無機質で感情がのっていない。前回のようにカッとしないよう自制しているのかもしれないが、まったく反応がないのも落ち着かなかった。

勝手かもしれないが、問い詰めるとまでは言わなくても普通に聞いてくれた方が、こちらもわざわざいいわけのような説明をしなくてもいいのにと思ってしまった。

こんなふうに大和に不満を覚えるのは初めてで、気持ちがモヤモヤしてしまう。今まで彼に対して変わった人だと感じたことはあったけれど、それを嫌だと思ったことはない。

大和は仕事もできるし、イケメンだし、自分にはもったいないぐらいの男性《ひと》だ。大和の方が彩花に対して不満があるかもしれないのに、もっとこうして欲しいと願うなんて、いつの間に自分はこんなに贅沢《ぜいたく》になってしまったのだろう。

「大和さん、アイスクリーム食べます？　大和さん用に買ってあるんです」

食器を下げながら声をかけると、大和が嬉しそうに頷く。

「食べようか」

「じゃあ私も！　チョコと塩キャラメル味、どっちがいいですか？」

「彩花は？　先に選んで」

甘いものに目がないくせに彩花を優先してくれるのが嬉しい。やっぱりこんなに優しい人に不満を抱くなんて、自分はわがまますぎるのかもしれない。

「ん〜じゃあ塩キャラメル！」

彩花は冷蔵庫からお高めのアイスクリームをふたつとスプーンを手に、ソファーに座る大和の隣に腰を下ろした。

「どうぞ」

アイスクリームで大和の機嫌が直ったとは思わないが、いつの間にかさっきまでの硬い表情は消えていて、他愛ないやりとりが自然になる。

アイスクリームを食べ終えすっかり寛いできたのか、大和がソファーでうたた寝を始めた。

「大和さん。もう遅いし、寝るならベッドに行きましょう」

「ん……ああ、寝ちゃってたか。悪い」

「出張で疲れてるんですよ。忙しかったんですか？」

すると大和は眠気を払うように軽く頭を振りながらソファーから身体を起こす。

「いや、仕事はいつも通りだったんだけど、出張中は彩花不足であまり眠れなかったんだ」

大和は甘えるように彩花の腰に抱きついてくる。

「なんですか、それ」

子どものように甘えてくる大和は珍しくて、彩花は膝の上に広がった黒髪に指を差し入れた。

「ほら、もう遅いからちゃんと寝ましょ？　明日はお休みだから寝坊できるし、絶対ベッドで寝た方が楽ですから」

「うん……あと少し」

彩花の腰に手を回したまま動こうとしない大和に困ってしまう反面、可愛いとも思ってしまう。大の男に可愛いなんて失礼かもしれないが、こんな一面を見せてくれるのは自分にだけだと思えば愛しさがこみ上げてくるのだ。

彩花は両腕で彼の頭を抱きしめながら、大和を安心させるにはどうしたらいいのだろうと考えた。

9

自分の恋人が異性と一緒にいるのを見ると不快になる気持ちは理解できる。彩花だって大和が自分の目の前で女性に話しかけられたり、笑顔を向けていたりするのを見たら、やはりモヤモヤしてしまうだろう。

ただ彼の場合それが過剰な反応や態度になってしまうというのが問題だった。

五十嵐は不安な部分を埋めてやれば落ち着くのではないかとアドバイスをくれたが、あれから何日か過ぎたのに彩花にはその方法が思いつかなかった。

「彩花？　もうお腹いっぱい？」

大和にそう呼びかけられて、彩花はハッと視線をあげた。

「う、うん。ちょっと休憩」

「じゃあ飲み物をもらってこようか。冷たいの？　アイスティーでいい？」

彩花が頷《うなず》くと大和が席を立った。その後ろ姿を隣のテーブルの女性が視線で追うのを目の端に捉えながらホッと溜息をついた。

今日は以前から提案していたホテルのスイーツビュッフェを江崎が予約してくれてい

て、休日デートに来ていた。

　有名ホテルのビュッフェということでショートケーキひとつとっても精巧なデコレーションで、お値段もちょっとしたレストランのコース料金レベルだ。

　スイーツ男子の大和は以前にも来たことがあるらしく、彩花にスイーツの解説をしながら、嬉々《きき》としてビュッフェと自分たちのテーブルを行き来している。

　最初は彩花もずらりと並んだスイーツにテンションが上がって片っ端から皿に盛り付けていたけれど、大和のペースに合わせていたらすぐにお腹がいっぱいになってしまった。

　大和は久しぶりのスイーツビュッフェを満喫しているようで、あの締まった身体のどこに消えるのか不思議なほど次々と皿を積み上げていく。

　それに今日は休日なので当然スーツではないのだが、オフホワイトの薄手のニットに紺色のツイードスラックスという育ちの良さそうなスタイルとあの顔立ちで、自然と女性客の視線を集めていた。

　休日ということでカップルもちらほらいて、男性客の姿も視界に入ってくるが、その中で大和は群を抜いて目立つのだ。みんなが大和をチラチラ見つめたり、今のように視線で追いかける様子を見ると優越感のようなものを覚えてしまう。

　大和のような素敵な人が自分の恋人だと思うと、自分も少しだけいい女になったような気分になるのだ。そんなことを考えていると、大和がアイスティーの入ったグラスとコーヒーカップを手に戻ってきた。

「どうぞ」

「ありがとうございます」

「今クレープのオープンキッチンが空いていたから行ってくる」

「はーい」

カップを置くやいなや再びテーブルを離れていく大和を笑顔で見送った。

スイーツビュッフェと言ってもサンドイッチやパスタ、スープにサラダ、カレーなど軽食も用意されていて、男性客はそちらの方がメインという人も多い。もちろん大和はそちらには目もくれずスイーツ一筋なのだが、あれだけスイーツや肉料理が好きなのに太らないのはもう体質としか思えなかった。

ジムで運動しているのは知っているけれど、彼と同じペースで食事をしていたらすぐに太ってしまいそうだ。

やはり自分も少しぐらい運動をした方がいいのかもしれないと考えていると、両手に皿を持った大和がほくほく顔で戻ってきた。

いつもの硬い表情の大和を見慣れている人は別人だと思うような満足げな顔に、彩花も自然と笑顔になる。

ここのホテルのスイーツビュッフェは自由に皿に盛り付けられるスイーツの他に、オープンキッチンでオーダーできるものがいくつかある。

例えば溶けやすいアイスクリームを使ったミニパフェや目の前で焼いてくれるクレープ

やパンケーキなどがあり、タイミングが悪いと並んで待つことになるのだ。

「早かったですね」

「うん。ちょうど人がいなかったんだ。俺の後ろにすぐに並び始めたからタイミングがよかったよ」

　そう言って大和がテーブルの上に置いた皿の上にはオレンジシュゼットとクレープ生地でたくさんのフルーツを混ぜ込んだ生クリーム、トライフルをロールケーキのように巻いたものが並んでいた。

　ここのクレープは生地の種類やトッピングを選ぶことができて、彩花もさっきチョコレート生地に抹茶クリームを巻いたクレープを食べたばかりだった。

「わあ、綺麗《きれい》な盛り付け！　写真撮ってもいいですか？」

「もちろん」

　彩花が手早く写真を撮ると、大和は嬉《うれ》しそうにクレープに手をつけた。

「大和さん、クレープ好きですよね。前にホテルの鉄板焼きに行ったときもおかわりしてたし」

「まあね。そうだ、今シェフから聞いたんだけど、ここはアフタヌーンティーも有名らしいよ」

「ああ、私もネットで見たことあります」

　季節ごとにメニューが変わるのでリピーターも多く、常に予約を取るのが大変だと紹介されていた。

「大和さんはアフタヌーンティーじゃ物足りないんじゃないですか？」

パクパクとクレープを口に運ぶ大和を見て、彩花はからかうように言った。

「美味しいものなら少量でも満足できるよ。江崎に予約を取るように言っておくから、一緒に来よう」

「はい」

彩花は今日の予約も江崎がしてくれたことを思い出し、彼も大変だと思いながら頷いた。

「でもプライベートなのに江崎さんにいつも頼むのは申し訳ないので、私が予約しましょうか。大和さん、日曜日なら大丈夫でしょ？」

「ああ。彩花が予約してくれるなら、仕事が入っていたとしても断るから大丈夫」

「それはちょっと……それこそ江崎さんが可哀想じゃないですか」

そう言いつつ、江崎は大和と彩花の交際を喜んでいる人なので、大和が休息を取るなら嬉々としてスケジュールを変更しそうな気もする。

「ちゃんと江崎さんにスケジュール確認しますね」

彩花は笑いながら念を押してしまった。

こうして大和と他愛のない会話をしていると、彼の多少のヤキモチなどちっぽけなものに思えてくる。少しぐらい嫉妬されたり束縛されたりしても問題ないような気がしてきてしまうのだ。

しかし恋人同士と言ってもやはりお互い別々の仕事があり、交友関係もある。そんな別々の時間を過ごすときでも、彩花が大和を一番大切に思っていると実感していて欲しかった。

お互いがお互いのことを一番だと思えること。ふと恋人同士ならそれはひとつしかないことに気づく。大和が喜んで、安心してくれるのならそれも悪くない選択だ。

彩花は目の前で嬉しそうにスイーツを頬張る大和を見つめながら、自分の中に浮かんだアイディアをどうやったら効果的に彼に伝えることができるのか考え始めた。

＊＊＊

次の週末、彩花は大和をマンションに呼び出した。

彩花がエプロン姿で出迎えると、玄関に立った大和は靴を脱ぎながらクンクンと鼻を動かし、嬉しそうに頬を緩める。

「今日はずいぶんいい匂いがするね」

「わかります？　昨日作ったからそんなに匂わないと思ったんだけど」

彩花は自分もクンクンと部屋の空気を嗅いだが、昨夜からこの部屋にいるから麻痺《まひ》してしまっているようで、大和の言ういい匂いを感じなかった。

「すごく幸せな匂いだ」

「サプライズにしようと思ってたけど、うまくいきませんね。どうぞ、入ってください」

彩花は苦笑いを浮かべると、大和をリビングに招き入れた。

「大和さんはここに座ってください」

ローテーブルにはすでにプレースマットや食器を並べてあり、大和は彩花の指示に従ってソファーに腰を下ろした。

「コーヒーと紅茶、どっちにします？」

「じゃあセッティングがイギリス風だから紅茶をいただこうか」

そこまで意識したつもりはなかった彩花は、大和の博識ぶりに驚いてしまう。

「あの、イギリス式とフランス式って違うんですか？　私、よく知らなくて」

「昔はカトラリーも財産のひとつとして大切に扱われていて、柄の部分に家紋が刻印されていたんだ。イギリスはこの表側、フランスは裏側に刻印されていたからその刻印が見えるように置くことで違いがわかるんだ。でも今はレストランでも混同されているから、あまり気にされてないんじゃないかな。前にフレンチに行ったときも表向きで置かれていたしね」

「へえ」

もちろん彩花の家にあるものは家紋が入っているような高級品ではなく、母が近くのインテリアショップで購入してきた量産品だ。当然置き方など意識したことはない。

なにも考えず取り皿と一緒にフォークを並べただけだったが、今度外で食事をするときはそれとなく気にしてみようと思った。

彩花はティーサーバーにお湯を注ぐと、温めたカップと一緒に大和の前に並べる。それから冷蔵庫の中から皿を取り出し、同じように大和の目の前に置いた。

「じゃーん！　今日は大和さんのためにマカロンを作ってみました！」

まだ学生の頃母と一緒に作ったことがあったけれど、一人で作るのは初めてだ。彩花はドキドキしながら大和の反応を待った。

「……すごい。本格的じゃないか」

「ひとりで作ったのは初めてなので味は保証できませんけど頑張りました。それにマカロンってイタリア発祥のお菓子だからイギリス風でもなんでもないんですけど」

彩花はそう言いながら大和のカップに紅茶を注いだ。

たまたま今回ひとりでも作れそうなレシピを探していて、マカロンがイタリア発祥のお菓子だと知ったのだ。彩花が日本国内で知っているマカロンの有名店は本店がフランスにあるので、てっきりフランス発祥のお菓子だと思っていた。

「よかったら食べてください。大和さんが好きな銀座のお店のマカロンとは比べものになりませんけど」

大和は長い指を伸ばしてココアで色づけしたチョコレート色のマカロンを摘まむ。そのままパクリと口の中に放り込むのを、彩花はドキドキしながら見守った。

サクッといい音がしたから上手く焼き上がっているのは間違いないが、美味しいものを食べ慣れている大和に素人の手作りを食べさせるのは緊張する。

「本当はアフタヌーンティーみたいにたくさん種類を作りたかったんですけど、さすがに技術的にも時間的にも無理でした」

「いや、すごいよ。特にマカロンなんて生地の扱いが難しいって聞くじゃないか。生地がサクサクだし売り物みたいだ」

大和はそう言うと、もうひとつマカロンを摘まんで口の中に放り込んだ。

「ん。こっちはラズベリークリームかな」

「はい。生地を何種類も作る代わりにクリームの味を変えてみました。チョコレートとラズベリー、あとバタークリームです」

「わざわざ俺のために手間をかけてくれたんだ。ありがとう嬉しいよ」

大和の頬が緩むのを見てホッとする。ここ数日時間をかけて準備した甲斐《かい》があったというものだ。

「ふふふ。喜んでもらえて嬉しいです。でもメインはこれからなんですよ」

彩花はこみ上げてくる笑いを我慢できずに、ニコニコしながらキッチンに戻り再び冷蔵庫の中から取りだしたプレートを運んできた。

「お待たせしました！　本日のメインディッシュです！」

彩花は昨日の深夜に生地から手作りをしたイチゴのホールケーキを大和の目の前に置き、被せてあったガラス製のケーキスタンドの蓋をパッと持ち上げた。

生クリームとイチゴでデコレーションした直径十五センチほどのケーキで、生地の間にも生クリームとイチゴがたっぷり挟んである力作だ。

「すごい！」

大和の唇から飛びだした飾り気のない感嘆の言葉に嬉しくなった。

「実はケーキのデコレーションにはちょっと自信があるんですよ。うちの母、お菓子作りが趣味でケーキも焼いてくれるんですけど、私たち兄妹三人の誕生日は必ず母の手作りケーキって決まってたんです。私も小学生ぐらいから母を手伝うようになったので、デコレーションだけは上手くなったんですよ」

「へえ。確かに綺麗にできてる。それにしても、誕生日でもないのにホールケーキなんて豪勢だね」

「ふふふ。今日はトクベツなので」

彩花は微笑んで大和の視線を受け止めた。大和が笑顔になってくれるのが一番嬉しい。準備は大変だったけれど、彼のために頑張ってよかったと思った。

「まずは大和さんに味わって欲しいので切り分けますね」

温めたナイフで大和の分を慎重に切り分け、彼の前に置く。同じように自分の分も切り分けると、彩花もソファーの隣に腰を下ろした。

「さ、食べてみてください！」

先ほどまでは手作りでよかったのか迷っていたけれど、自分の拙いアイディアに大和が喜んでくれるのが嬉しくてワクワクしてくる。

このケーキを食べた大和はどんな顔をするのかと思うと心臓がドキドキと大きな音を立てた。

大和がケーキを一口頬張りすぐに笑顔になる。

「うん、美味しい！　クリームも甘すぎなくて優しい味だ」

「よかった」

彩花はホッとして自分のケーキに手をつけつつ、さらにケーキを食べ続ける大和の様子を横目で見守った。

何口目だろうか。ケーキが半分ほど大和の口の中に消えたときだった。

「んんっ⁉」

大和が声をあげてケーキをテーブルに置いた。

「ど、どうしました？」

「彩花、これなにか……」

大和は紙ナプキンで口許を覆うと、口の中からなにかを吐き出した。そして紙ナプキンを見て目を丸くした。

「大和、さん……？」

動きを止めてしまった大和に恐る恐る声をかけると、ハッと我に返ったような顔で彩花を見た。

「彩花、指輪が入ってた。作ってるときに抜けちゃったのかな」

その言葉に彩花は笑みを返した。

「はい、指輪ですね」

まだ彩花の意図を理解していない大和から指輪を受け取ると、彩花はそれを丁寧に拭いてから大和の薬指にはめた。

プラチナ製のシンプルなリングは大和の長い指にもよく似合っていて、彩花はエプロンのポケットからもうひとつ指輪をとりだすとそれを自分の薬指にはめる。大和によく見えるように、彼の目の前に手をかかげて見せた。

「サイズピッタリでしたね」

「……彩花？」

困惑顔の大和を見て、彩花は噴き出しそうになるのを堪えながら口を開いた。

「私からのプロポーズです。桜庭大和さん、私と結婚してくれますか？」

「……！」

大和がこれ以上ないというぐらい驚きで目を見開くのを見て、彩花は満面の笑みを浮かべた。

彩花が大和を安心させるためにできることとして考えたのは、逆プロポーズだった。

大和には結婚して一緒に暮らしたいと言われていたし、一緒に暮らすことで彼の心が落ち着くというのなら最良の案だ。

交際期間だけ見ると早いと言う人もいるかもしれないが、何度考えても大和以上に一緒にいたいと思える人がこれから現れるとは思えなかった。

それにお菓子の手作りをしてみるとわかるが、時間と手間を考えれば買った方が安いし、なにより味がいい。それでも手作りをしようと思えるのは、たとえ手間やお金がかかったとしても相手の笑顔が見たいからで、それは相手に愛情があるからだと思った。

母も家族のためにいつも手作りをしてくれたのはそういう理由があったからだろう。

「実はお菓子を作るの、すごく久しぶりなんです。最後に作ったのは……高校の調理実習でマフィンを焼いたのとバレンタインで友チョコ作った時かな。最近では結構レアなんですよ」

彩花の冗談めかした言葉にいつもの大和なら笑うはずなのに、驚きすぎているのか固まったままだ。

彩花からのプロポーズがそこまで驚くほどのことだったのか、それともまさかプロポーズが迷惑だったなんてことはないだろうか。

「大和さん、もしかして……迷惑でした？」

彩花が我慢できずにそう口にすると、大和はまだ信じられないという顔で首を横に振った。

「迷惑なはずないだろ。ただ、君からそんなことを言われるなんてまだ信じられなくて」

その言葉にホッとして大和の左手を取った。

「大和さんを正式に、一番大切な人ですって家族に紹介したいんです」

「うん」

「これから先どんな人と出会おうと、一番好きなのは大和さんです。この指輪はその約束の印ですよ」

「うん」

「もし私が男の人と話していたら、それは仕事です。カッとしそうになったらこの指輪を見て私の気持ちを思い出してくださいね。孫悟空の輪、みたいですけど」

　その言葉に大和はやっと唇を緩めた。

「俺が孫悟空なら彩花は三蔵法師か。ずいぶんセクシーな三蔵法師だな」

大和が繋《つな》いでいた手を引いて、彩花を抱き寄せた。

「ありがとう」

「大和さん、大好きです」

腕を伸ばしギュッと強く抱きしめ返すと、頭の上で大和が溜息を漏らした。

「まさか彩花からプロポーズされるとは思ってなかったな。君の気持ちは嬉しいけど、改めて俺が婚約指輪を用意してもかまわないだろ？　君に似合うとびきりのものを贈るって約束するから」

「楽しみにしてますね」

彩花は大和を見上げて頷いてから、慌てて付け足す。

「でも、あんまり高いものはやめてくださいね」

「どうして？　一生に一度なんだから奮発したっていいだろ？」

眉をあげた大和をみて彩花はやはり釘《くぎ》を刺してよかったと溜息《ためいき》をつく。

「だって、あんまり高価なものだと怖くて使えないじゃないですか。もし無くしたらどうするんですか！」

思わず叫ぶと、大和は一瞬目を丸くしてから噴き出した。

「ははは っ」

「ど、どうして笑うんですか！」

「普段しっかり者の君がそんなことを言うなんて可愛いと思ってね」

大和のからかうような声音に、彩花はわざと顔を顰《しか》めてみせた。すると彩花を抱いていた大和の手がするりと背中を撫《な》で下ろし、お互いの身体を押しつけるように引き寄せられる。

「……っ」

外はまだ明るい。というか、まだ午後は始まったばかりでふたりでベッドに雪崩れ込むには早すぎる時間だ。プロポーズからのこの流れを予想していなかったとは言わないが、やはりこんな時間に抱かれるのはなんだか不健全で、いかがわしさを感じてしまう。

「せ、せっかくですからケーキ、食べてください」

「うん」

頷きながらも大和の手が思わせぶりに彩花のお尻を撫で回し、再び背中へと上がってくる。彩花を見つめる瞳は艶めいていて、誘っているみたいだ。

それに、唇には舌なめずりでもしそうな淫靡《いんび》な笑みが浮かんでいて、隙を見せたら頭からぱっくり食べられてしまいそうに見える。今にもソファーに押し倒されそうな危うさを感じた。

無駄な抵抗だと思いつつも、もう一度同じ言葉を口にした。

「ほら、ケーキ食べましょう?」

すると大和が唇に笑みを浮かべて頷いた。

「そうだな。せっかくだから彩花の力作を味わわないとね」

腕の力が緩むのを感じて彩花はホッと胸を撫で下ろした。

大和が思っていたよりあっさりと引き下がったことに少し驚きつつも、ティーカップを引き寄せる。紅茶はすっかり冷めていて、新しくお湯を沸かし直そうと立ちあがった。

「……あっ」

不意に手首を摑《つか》まれて、気づくと大和の太股の上に横座りさせられており、ハッとして大和の顔を見るといたずらっ子のような笑みを浮かべていた。

「せっかくのケーキだから彩花に食べさせて欲しい。もちろん俺も食べさせるよ」

片手で彩花の腰を抱いたまま、もう一方の手でケーキの皿を引き寄せる。

「いいだろ、結婚式の予行演習みたいじゃないか」

そう言いながらケーキの皿を手に押しつけられた。

大和が言っているのは、結婚式で行われるウエディングケーキを食べさせ合う、ファーストバイトのことだろう。

「大和さん。もしかして、あれ、結婚式でやりたいんですか？」

彩花は思わず聞いてしまった。

「前に友だちの結婚式で見て、仲よさそうでいいなって思ったんだ。まあ俺たちの結婚式は自社製品でファーストバイトした方がいいかもしれないけどね」

確かにお菓子を販売する会社の社長なのだから、色々演出も必要だ。それなら二人が好きなチョココーンでやるのも悪くない気がするけれど、そこまで考えるのはもっと先のことだろう。

まずは期待の眼差しを向けてくる恋人の口を満たすことの方が先決のようだ。彩花は諦めてフォークを取り上げた。

「はい、口開けてください」

「そこは〝あーん〟って言って欲しいな」

「……っ！」

甘えるような言葉が妙に恥ずかしくて、頬が熱くなっていくのがわかる。大和は元々甘えたがりだが、それに応える側もかなり恥ずかしいのだ。

「……あ、あーん……して……」

ぎこちない彩花の言葉に応えて大和が口を開ける。彩花がケーキをそっと口に運ぶと、大きな口がそれをぱっくりと飲み込んだ。

「ん。美味しい」

大和は咀嚼《そしゃく》しながら彩花の手からフォークを取り上げた。

「今度は俺の番。彩花、あーんして」

彩花と違い恥ずかしさを感じていないのか、大和は微笑みながら彩花にフォークを向けた。

今まで気にしたこともなかったが、大和の前で大きな口を開けることが急に恥ずかしいことに思えてくる。彩花が躊躇《ためら》っていると大和がもう一度同じ言葉を口にした。

「彩花。ほら、あーんして」

その表情は彩花が戸惑っていることを面白がっている顔で、彩花が口を開けるまで諦めるつもりはないらしい。

彩花は観念して口を開けたが、どうしても羞恥心が強くて控えめな開け方になってしまう。するとケーキが口の端にあたりクリームがついてしまう。

「あ」

「ごめん。今取ってあげる」

大和はそう言って彩花の動きを制すると、いきなり顔を近づけ口の端についたクリームを舌で舐《な》めとった。

「……ん！」

驚きで目を見開く彩花の前で大和は一瞬動きを止め、今度はゆっくりと見せつけるように彩花の唇に口づけた。

「ん……んっ……」

唇を割って舌が入ってきたが、クリームのせいなのかいつもよりヌルヌルとして甘い。すぐに唇は離れて、大和はもう一度フォークを取ると、今度は彩花の喉元にケーキを押しつけた。

「あっ」

そこまでされて、やっと大和がキスをするためにわざとやったのだと気づく。その証拠に大和が首筋に舌を這《は》わせてきた。

「や、ん！」

擽《くすぐ》ったさに首を竦《すく》めるけれど、ヌルヌルとしたクリームのぬめりは彩花の肌を震えさせる。大和はたっぷりと時間をかけてクリームを喉元から舐めとると再び顔をあげた。

「はぁ……っ」

思わず熱っぽい溜息を漏らした彩花の顔を、大和が笑いを含んだ目で覗《のぞ》き込んだ。

「もっと食べる？」

彩花は小さく首を横に振る。こんな甘ったるいキスを続けていたら頭がおかしくなってしまいそうだ。

「じゃあ俺は彩花を食べさせてもらおうかな。今日の君はいつもより甘そうだ」

――もう食べてるじゃない。もちろんそんなことは口にできないが、いつもベッドのときは形勢が逆転してしまうのが悔しかった。

それに大和が口にする〝甘い〟という言葉がとんでもなく淫らな言葉に聞こえて、これからその言葉を耳にするたびに今日のことを思い出して恥ずかしくなってしまいそうだ。

長い指が背中で結んであったエプロンの紐《ひも》を解いた。

大和は彩花の服を脱がすのが好きなのか、時間があるときはいつも一枚一枚焦らすように脱がせてくる。それなのに今日はパッとエプロンを取り去ると、さっさとワンピースや下着を脱がせてしまい、驚いているうちに再びエプロンを装着させられてしまった。

嫌な予感しかしない自分の姿を見下ろしてから、恐る恐る目の前の恋人を窺った。

「や、大和さん……？」

すると彩花の戸惑いがわかっているのに、大和は悪びれもせず満足げに彩花の姿を見つめた。

「彩花がいつも俺に料理をしてくれるのを見ていて、一度やってみたいと思ってたんだ。裸エプロン」

「な……！」

一部の男性にそんな願望があることは知っていたが、まさか大和がそんなタイプだと思わなかったし、自分がそのシチュエーションになるなんて夢に見たこともない。

「できればその格好で料理をしているところを見たいけど、今日は俺もそれほど我慢できそうにないから次のときに見せて欲しいな。なんならこの格好で出迎えてくれてもいいよ」

その言葉に彩花の頭にカッと血が上り、顔が熱くて羞恥のあまり目の奥がじんわりと痺れてくる。

「バ、バカッ！　エッチ！　変態！」

「男はみんな変態だよ。好きな子にあんなことやこんなことをさせる想像ばっかりしてるんだ。ほら、ちゃんと立って彩花のエッチな姿を見せて」

強制的に立ちあがらされて大和の目の前に立たされる。エプロンで前は隠れているけれど裸同然の格好は心許なく、彩花は無意識に両手を身体に巻き付けた。

「み、見ないで……！」

こんな格好はしたくないとちゃんと言いたいのに、恥ずかしさにその言葉すら出てこない。あまり動いたらあちこち見えてしまいそうでモゾモゾと太股を擦り合わせた。

「じゃあ一緒に片付けをしようか」

大和は揉《も》み手でもしそうな顔で立ちあがると、テーブルの上の食器を手にシンクへと向かう。

「ま、待って！　私が片付けるから」

「一緒にやった方が早いだろ？」

大和はそう言いながらテーブルとキッチンを往復してティーセットをシンクに運ぶ。そのたび彩花は大和に背後を通過されないように背中を壁に押しつけた。

大和は食べかけのケーキにはラップをかけ、ケーキスタンドの残りと一緒に冷蔵庫に入れると今度は洗い物をするために腕まくりをする。それを見て彩花は仕方なく大和に近づいた。

「あとは私がやりますから、大和さんはソファーに座ってて！」

すごい剣幕で彩花に追い立てられた大和は思いの外あっさりとシンクから離れる。大和に背中を見せないようにキッチンから追い出すと、彩花は大急ぎで洗い物を始めた。

まだ日の高いこんな時間に裸エプロンで洗い物をしているなんてなんとも淫靡な感じがする。どちらにしてもこのままベッドに連れて行かれるのは間違いないが、さっさと片付けを終わらせてシャワーを浴びてしまうのはどうだろう。

でもそんなことをしたら逆にバスルームについてきそうだし、だからといって自分からエプロンを脱ぐのも恥ずかしい。どちらにしても大和は彩花が恥ずかしがるのを楽しんでいるのだから、なにをしても無駄な気がしてきた。

彩花がそんなことを考えているときだった。突然背後から抱きつかれて、彩花はちょうど手にしていたティーカップを危うく取り落としそうになった。

「や、大和さん！」

大人しくソファーに向かったはずの大和がいつの間にか戻ってきていて、彩花の身体を羽交い締めにしそうな勢いで抱きしめてくる。最初からこれを狙っていたらしい。

「や、危ないから……」

「じゃああとにしよう」

そう言って水を止めてしまう。あとにするのはそっちじゃないという彩花の抗議は当然届かず、大和はエプロンの上から彩花の胸を揉みしだき始めた。

「あ……っ、やぁ……だ、め……」

エプロンの上からだと下着やシャツと違いごわついた生地と胸が擦れて、いつもとは違う刺激を感じてしまう。擽ったいようなもどかしいような疼《うず》きに身体が熱くなる。

大和に触れられることにすっかり慣れた身体はこんなときでも、というかいつも以上に敏感になっていて、エプロンの下ではすぐに乳首が硬く膨らみ始めていた。

すると不意に隙間から手が入り込み、胸の先端を指でキュッと摘まれる。いきなり直に触れられた刺激で、膝から頽《くずお》れそうになり、彩花は慌ててシンクの縁にしがみついた。

「やぁっ、ン！」

「いやらしい声だ」

長い指がクリクリと乳首を捏《こ》ね回し、その刺激で腰が勝手に揺れてしまう。シンクに押しつけるように大和が身体を寄せていたから、まるで自分から彼にお尻を擦りつける格好になってしまっていた。

「あぁ、ん……ン……」

甘い痺《しび》れは全身を駆け抜けて、肌がざわつく。しかも恥ずかしいことにすでに足の間がぬるつき始め、奥の方がじんじんと甘い疼きを訴えている。

嫌だと言いながら身体はしっかり反応してしまっていることが恥ずかしくてたまらない。せめてそれに気づかれないように両足をしっかりと閉じてしまいたいのに、足が震えて上手く力が入らなかった。

「気持ちよくしてあげるからちゃんと掴まってて」

大和の声が耳元で聞こえて、胸を弄んでいた手がエプロンを捲り上げ足の間に触れた。

「あ……！」

「もうぐっしょりだ。こんなに濡《ぬ》らして彩花も本当はこの格好で俺に抱かれたかった？」

隠しておきたかったことを知られて、シンクにしがみついたままふるふると首を横に振る。

「ちが……ぅ……」

「じゃあどうしてこんなに……いつもより濡れてるのがわかるだろ。ほら」

大和はそう言うとシンクに掴まっていた彩花の片手をつかみ濡れた場所へと誘導する。

慌てて手を引こうとしたけれど当然大和の力の方が強く、上から手を重ねられて濡れた場所を触らされてしまう。

「わかる？　彩花のいやらしい蜜が溢《あふ》れてる」

ぬるんとぬめる指と大和の囁《ささや》きが耳に触れて、カッと顔が熱くなる。確かに濡れるというより溢れるという表現がぴったりなほどふたりの絡みついた指を濡らしていた。

「彩花はエプロンを着けたまま俺に抱かれることを喜んでるんだ。そうだろ？」

「……っ」

ギュッと目を瞑《つぶ》ってふるふると首を横に振るけれど、大和はそれを許すつもりがないらしくもう一度同じことを尋ねた。

「彩花。彩花はエッチな格好で俺に抱かれるのが好きだ。そうだろ？　ちゃんと認めた方が楽しめるよ」

今度は息だけでなく濡れた舌まで耳朶《みみたぶ》に這わされて、彩花はビクリと背を仰け反らせる。

「このまま一緒に胎内に指を入れてみようか」

「や、いや……ムリ……っ……」

とっさに手を振り払ってシンクに摑まったけれど、大和の手はそのまま足の間に滑らされる。

「あぁ……」

長い指が溢れた蜜を纏《まと》わせながら重なり合った濡れ襞《ひだ》を掻《か》き分け、膣孔の入口を擽る。

「ほら、こうやって押したら……もう挿るよ」

耳元で熱い声で囁かれながら、隘路《あいろ》に指がぬるりと滑り込む。

「やぁ……」

「ここじゃない？　こっち？」

半分ほど入っていた指が引き抜かれ、上部の小さな粒に伸ばされる。肉襞の上からグリグリと押し潰されて、強い刺激に唇から大きな声が漏れてしまう。

「あぁ……っ」

「やっぱりここが好きなんだ」

「あっ、あぁっ、ン、やぁ……ん！」

「もっと？」

肉襞を掻き分けて指が入ってきて、鋭敏な粒にビリリとした電流のような刺激が走った。

「ひぁっん！」

ビクリと大きく身体が跳ねて、さらに大和にお尻を押しつけてしまう。ゴリッと硬い感触を感じて動きを止めると、今度は大和の方がそれを押しつけてくる。

「ふぁ……」

大和の欲望を感じて蜜孔から新たな蜜がトロトロと溢れて太股を伝い落ちる。

「こんなに溢れさせて床まで濡らすつもり？」

大和がわずかに掠《かす》れた声で囁く。こんなふうに焦らされるよりも、いっそこのまま雄竿で突かれた方が楽かもしれない。彩花がそう考えたときだった。

「彩花、ちゃんと摑まってて。綺麗にしてあげるから」

大和はそう言うと彩花から離れて、細腰に手をかける。なにをされるのかと振り返ると、背後に跪《ひざまず》いた大和が足の間に顔を埋めようとしていた。

「いやぁっ」

声をあげた瞬間柔らかな太股に熱い舌が触れた。

「んんっ」

思わずたたらを踏んだ彩花の太股を大きな手が押さえつけ、大和がピチャピチャと淫らな音をさせながら愛蜜を舐め取っていく。

ざらりとした刺激と、徐々に舌が上ってくる期待に蜜孔がヒクヒクと震える。

「彩花、もっと足を開いて。奥まで舐めてあげるから」

こんな恥ずかしいことには耐えられない。そう思っているのに、大和の言葉に操られるように足を開き愛撫しやすいようにお尻を突き出してしまう。

「上手だ」

子どもを褒めるような呟きと共に濡れ襞に熱い舌が触れる。指先で濡れ襞を掻き分けられ、蜜孔に舌先が押し込まれ、その刺激に彩花は腰をブルリと震わせた。

「は……っ、ふ……ぅん……」

ヌルヌルとした舌が濡れ襞を舐めあげ、熱い刺激から逃れようと無意識に腰を揺らすと淫猥な蜜口に指が押し込まれる。

隘路を広げるように太い指が抽挿されるたびに愛蜜が掻き出されて、大和の唇がその溢れたものを啜《すす》る音が響く。

「や、やめ、て……も、舐めな……で……」

白い丸みを揺らして逃げようとするけれど、大和はさらに口を大きく開けて、濡れ襞ごとぱっくりと口にくわえてしまう。

じゅぷじゅぷと音を立てて肉襞が舐めしゃぶられて、足がガクガクと震えて立っていられなくなる。けれどもここで膝を折ってしまったら大和の顔に下肢を押しつけてしまうという羞恥だけが、なんとか彩花を支えていた。

「んぅ、あっ、ん……はぁっ」

シンクに指先が白くなるほどギュッとしがみついているのが精一杯で、彩花は今にも頽れそうな足に必死で力を入れる。

秘唇を舌先で割られ、小さな花芯を擽られる。そのたび彩花の身体はビクビクと引きつって、次第に頭が朦朧《もうろう》としてなにも考えられなくなっていく。

「はぁ……ん、ふ、ぁ……ぅ……」

もう自分の身体がどうなっているのかもわからず、早くこの身体の中で暴れ回る熱から解放されたくてたまらない。淫らに腰をくねらせ喘《あえ》ぐ姿が大和を刺激していることにも気づかず、彩花は振り返って彼を見下ろした。

「も、やぁ……だ……」

「……っ」

彩花のすがるような声と快感に濡れた眼差しに大和が小さく息を呑《の》む。

「彩花」

そう小さく呟くと、濡れた唇を拭いながらゆっくりと立ちあがった。

「美味しいケーキのお礼にたっぷり感じさせたかったんだけど……一度挿れさせて。彩花が色っぽすぎて我慢できない。彩花が満足するまで何度でも抱いてあげるから」

「……はぁ……っ」

思考が混濁していて、大和の言葉の意味を半分も理解できない。彼がなぜベルトを外し下肢を寛げているのか理解できないほど意識が朦朧としていた。

彩花が荒い呼吸をくり返しシンクに顔を伏せると細腰を引きよせられる。

太股をさらに大きく開かされてドキリとした次の瞬間、濡れそぼった蜜孔に硬く膨れあがった雄の先端が押しつけられた。

「あ……」

口淫ですっかり蕩《とろ》けた蜜孔はぬるついた淫蜜を溢れさせながら肉棒を飲み込んでいく。

薄い膣壁を引き伸ばし、肉竿が隘路の中で脈動するのを感じて彩花の身体がブルリと痙攣《けいれん》した。

「あ、あ、あぁ……」

ぐぐっと肉棒に突き上げられ、最奥まで一気に熱いものを咥《くわ》え込まされた刺激に彩花の身体に緊張が走る。すでに高まっていた身体が強い刺激に一突きで快感を駆け上ってしまったのだ。

「んぁっ！　あ、あぁぁっ!!」

彩花の身体に一気に緊張が走り、白い背中が一際大きく震えた。

ビクンビクンと震える彩花の身体を大和が背後から覆い被さるようにして強く抱きしめてくる。肉竿を咥え込んだ膣洞が大きくうねり収斂《しゅうれん》する刺激から耐えるように、大和の身体も戦慄いた。

「は……っ、もう、イッちゃった？」

耳元で大和の声がしたけれど、頭の中がドロドロに蕩けてしまっていて、その声はどこかくぐもって遠くに聞こえた。

「はぁ……彩花のなか、すごく……気持ちいい。俺を熱く包みこんで……吸いついてくる……」

「や、言わないで……」

大和の言葉は彩花がすごくいやらしい身体の持ち主だと言っているようで、耳を塞ぎたくなる。

「どうして、ほら……自分でもわかるだろ？」

そう言ってさらに彩花の腰を引き寄せると、隘路を引き伸ばすように雄芯を押し回す。

「んぁっ……ぅ」

「はぁっ」

大和は溜息を漏らしながらジュプリと卑猥な水音をさせて雄竿を引きずり出しては突き上げ、そのたびに膣壁は収斂してさらに雄竿を締めつけてしまう。

「あっ、あぁ……や、もぉ……んぅ……」

「嫌だって言いながらこんなに締めつけて……俺の奥さんはいやらしくて可愛くて抱き潰したくなるな」

「ま、だ……お、奥さんじゃ……んんっ！」

脈動する雄芯で繰り返し突き上げられて、新たな愉悦が腰から這い上がってくる。

「んぁ……はぁ、ぅ……あぁ……」

最奥を突き上げられるたびに身体が震えて、燃え上がるように熱い。大和が首筋の髪をかき分けその場所にさらに熱い唇を押しつける。

「んぁっ！」

わずかな口づけでも敏感になった身体にはひどく刺激的で、彩花は快感に頭をもたげ咽を震わせた。

「朝まで……君が満足するまで、こうやって抱くから……」

こんなふうに朝まで抱かれることを想像し、力なく頭を振る。そんなことをされたら身体が保たない。いつも一度で満足できないのは大和の方なのだ。

大きな手がエプロンの下に隠れた胸の膨らみを鷲《わし》摑みにして、強く揉みしだく。指の間から尖《とが》りきった先端が飛びだし薄い布と擦れ合い、長い指が硬い蕾《つぼみ》をキュッと摘まみ上げる。

「あ、ン……！」

「はぁっ……一緒にされるの好き？　なかがまた締まった」

そう言いながらさらに乳首を捏ね回され、彩花はお腹の奥が痛いほど収斂するのを感じた。

「んぁ……ダメ、ダメ、も……おかしく、なる……んぅ……」

グチュグチュと何度も雄竿を突き回されてなにも考えられない。

「はぁ……彩花、もっとおかしくなって……」

大和はそう囁くとズルリと雁首まで雄竿を引きずりだし、次の瞬間一際深くまで肉棒を突き上げた。

「んぁっ！　あっ、あっ、あぁ……っ！」

大きく背中を反らせると背中に大和の胸がピッタリと押しつけられる。

「はぁ……そんなに気持ちいい？　可愛い……やっぱり結婚したら出迎え……はこの格好を定番にしないか？」

「ぜ、ぜったい……い、やぁ……」

そんなことをしたら毎晩発情して、前のように玄関で抱かれてリビングまでたどり着けなくなってしまう。

ふるふると首を振る彩花を押さえつけるように大和が背後から覆い被さってくる。

「はぁ……俺の彩花、可愛い……」

いつも甘い言葉を恥ずかしげもなく口にする人だが、今日の言葉はさらに甘く聞こえる。

プロポーズのあとだからか、それとも念願の裸エプロンだからなのかはわからないけれ

SPECIAL
SPECIAL

ど、クリームより甘い声音にクラクラしてしまう。

「彩花、俺も……イキそう……」

大和の感じ入った声だけで彩花の身体もさらに昂《たかぶ》ってしまう。

「彩花、このままなかで出してもいい？」

いつもきちんと避妊をしてくれている大和の発言とは思えない挑発的な言葉にドキリとする。ある意味彼もたがが外れてしまっているのかもしれない。

「だ、め……まだ、ダメ……っ……」

大和との子どもが欲しくないわけではないが、彼ほどの地位の人が順番が違うと言われるような事態になっては困る。それに彩花自身まだそこまでの覚悟はできていなかった。

「どうしても？」

さらに激しく膣洞を突き回され、彩花は必死で首を回し大和を振り返る。

「や、まと……ダメ……んぅ！」

顎に手がかかりそのままキスで言葉を封じられてしまう。口腔《こうこう》を乱暴に舌で犯され、舌の付け根からドッと唾液が溢れ出す。

「んぅ……ふぁっ、ん、んぅ……」

まるで水に溺れているような口づけに彩花が鼻を鳴らすと、顎を摑んでいた手が離れた。

「はぁ……ん……」

支えのなくなった首をがくりと前に垂らすと強い力で細腰を引き寄せられ、律動が激しくなった。

「んっ、あっ、あっ……んっ、んんっ……そんなに、突いた、ら……っ」

「そのまま摑まってて……外に……出すから」

「……っ」

返事のないことを肯定ととったのか、大和は最奥を何度も突き上げてくる。身体の中で大きな熱の塊が暴れ回りガクガクと膝が震えてしまい、これ以上身体を支えているのは限界だった。

「あっ、あっ、あっ……！」

唇から断続的な高い声が漏れて彩花の中で熱源が大きく弾けた。甘く淫らな痺れが身体中を駆け巡り膣洞が一際強く大和の雄を締めつけた。

「んぁっ。あっあっあぁ……！」

彩花がシンクに摑まったまま高い声をあげ大きく仰け反った次の瞬間、肉竿がずるりと抜け背中やお尻に熱いものが飛び散るのを感じた。飛沫《ひまつ》が落ちた場所が火傷しそうに熱い。彩花がその熱にクラクラしてがくりと膝を折ると、ふたりでもつれるようにその場にズルズルと座り込んでしまう。

「はぁ……は……ぁ……ん……」

気づくと大和の膝の上で抱きしめられていたけれど、ふたりとも汗と体液にまみれてひどいことになっている。

そのあと大和がバスルームに抱いていってくれてすべてを洗い流してくれたが、予告通りバスルームでも抱き合い、さらにはベッドの上でも抱き合った。

やはり満足するまでというのは大和自身のことだったと思いながら、この人の過剰なまでの愛情表現を受け入れる器が本当に自分にあるのか不安になる夜だった。

10

彩花のプロポーズから一ヶ月ほどして、いよいよ両親に大和を紹介することになった。

大和が運転する車の助手席に座った彩花の指には、大和から贈られたばかりの婚約指輪が輝いている。この指輪については、予想していたとおり一悶着《ひともんちゃく》あった。

大和の提案で婚約指輪は彩花がふたりの指輪を購入したジュエリーショップで、コンビネーションにして使えるようにあつらえることになった。

ふたりでジュエリーショップに入っていくと、販売員たちが一斉にこちらを見た。大和の洗練された容姿と、大企業の経営者らしい威厳に圧倒されたのだろう。

カウンターの前に立ったとたん、大和に見蕩《みと》れていた販売員たちがハッと我に返ったように口を開いた。

「い、いらっしゃいませ」

大和が鷹揚《おうよう》に頷《うなず》く。

「婚約指輪をあつらえたいんだが」

そう口にしたとたん、店長と思われる男性が店の奥からいそいそと出てきた。

「いらっしゃいませ。責任者の増山《ますやま》と申します。当店をご利用いただくのは初めてでございますか？」

「いや、彼女がこちらで指輪を購入したんだが、それに合わせて婚約指輪を作りたいんだ」

「承知いたしました。ではよろしければこちらでお話を伺わせてください」

まだ名乗りもしていないのに別室に案内されてしまう。彩花ひとりで店を訪れたときは店頭のカウンター席で接客されたのにすごい違いだ。

別室はいわゆるＶＩＰルームのようで、まずは革のメニューブックを手渡され、飲み物の希望を聞かれる。程なくして飲み物と一緒に先ほどの増山ともうひとり黒いパンツスーツ姿の女性が姿を見せた。

「改めまして、増山と申します」

「栗原《くりはら》でございます」

二人から名刺を渡され大和が頷いて自分の名刺をテーブルの上に置いた。大和の肩書きを見て、増山がやはりという顔で頷いたのを彩花は見逃さなかった。

「実は彼女がこちらでふたりのペアリングを購入してくれたんだ。僕も彼女に指輪を贈りたいと思ったんだが、せっかくならそのペアリングと組み合わせて使えるようなデザインをと考えている」

「ありがとうございます。ではさっそくですが指輪を拝見させていただいてもよろしいでしょうか」

栗原が小豆色のビロードが張られたジュエリートレイを目の前に置いてくれたので、彩花は指輪を抜いてそこに置いた。

「こちらは今年の新作ですね。よろしければいくつか指輪をお持ちいたしますのでお試しになってみてください」

そう言ってジュエリートレイに載せられて運ばれてきたのは、すべてダイヤモンドをメインにしたリングで、少しずつデザインが違っていて目移りしてしまいそうだ。

「彩花、手を出して」

大和は一度トレイに置いたペアリングを彩花の指にはめると、ダイヤの指輪をひとつとり彩花の指にはめた。

「……素敵」

最初の指輪と重なるようなデザインで、外出のときやちょっとした集まりのときにするのにぴったりだ。

「次はこれ」

大和が順番にひとつを外してはひとつをつけるというのを繰り返すので、彩花はどれがいいのかわからなくなってしまった。

「彩花、気に入ったのはあった？」

「ええと」

どれも素敵で嬉《うれ》しいのだが、ひとつ気になるのはどれにも値札がついていないので、今自分の指にはまっているものがいくらぐらいするのかわからないことだった。

明らかに店頭のショーケースに並んでいるものよりも石が大きく見えるし、なにより素人の彩花でもわかるほど他のものとは輝きが違う。

多分大和の身なりや先ほどの名刺を見てその階級《クラス》にあった商品を見せてくれているのだろうが、残念なことに彩花には自分がそれに相応しいとは思えなかった。

「これ、とか？」

彩花はなるべく小ぶりに見える石を指さした。

あとになって知ったのだがダイヤは大きさよりも色や透明度の高さで値段が決まるそうで、小さい石を選べばいいということでもないらしい。

「お目が高い。こちらはクラリティが高く、人気のデザインでございます」

「うん、悪くはないが」

大和は彩花が選んだデザインを見て、わずかに眉を寄せた。

「そうだな、デザインはこれでもかまわないが、石はできればハートシェイプがいいな。大きさには拘らないが、クラリティが高い、できればフローレスに近いものがいい」

彩花には大和の口にした言葉の半分ぐらいしか理解できなかった。ハートシェイプというのは、多分ハート型にカットされた石のことだろうということはわかるが、恥ずかしながらそれ以外の言葉はわからなかった。

女性の自分よりも宝石のことに詳しいことに少し驚いてしまったが、それが教養というものなのだろう。大和はそう言った知識を自然と必要とする環境で育ったということだ。

彩花も一般的には裕福な家庭で育ったとは思うが、ダイヤのことなど教わったこともないし、あまりアクセサリーに拘りがあるとは言えない。

いくつか人気のブランドのネックレスやイヤリング、両親に成人祝いにもらった一粒石のダイヤのネックレスぐらいがめぼしいもので、宝石の知識など無いに等しい。大和と比べてしまったらかなり庶民的な育ちの部類に入る。

これから彼の両親にも紹介されることになるが、その時育ちの違いなどを指摘されるのではないかと心配になってしまった。

「ご希望の石は私どもでもいくつか所有しておりますが、お時間さえいただければお探しすることも可能です」

「例えばこの辺りの石でしたらすぐにご用意できます」

栗原がタブレットを差し出し、いくつかハートシェイプの石を提示した。

彩花も何気なく大和の横からそれを覗《のぞ》き込み、その石よりも表示されていた値段にギョッとしてしまった。

石だけの値段のようだが、想像していた価格とは桁が違う。これをデザインして指輪に加工するといくらになってしまうのだろうと心配になった。

もちろん大和にはそれだけの経済力があることは十分わかっているけれど、だからといって実際にそれを贈られるのは困る。

「や、大和さん、私こんなにいいものじゃなくていいんですよ？　ほらこのぐらいのお値段の石とか」

石のカタログの中には彩花でも手が届きそうな価格のものもあり、彩花はその石を指さした。

「こちらですとかなりインクルージョンがありますので」

栗原の言葉に大和も頷く。

「一生に一度だしいいものを選ぼう。俺がプレゼントするんだから彩花は遠慮しなくていい」

「で、でも限度っていうものがあるじゃないですか。そもそも私が石に相応しくないというか……」

「どうして？　俺は彩花の指を飾るのに相応しいと思うけど？」

人前だというのにさらりとそんなことを言われて、彩花は赤くなってしまう。

「と、とにかく一般的なお値段じゃないと思います！　私はふつーでいいんです、普通で！」

「でも普通相場は給料三ヶ月分って聞くじゃないか。だとするとやっぱりこれぐらいのものは必要だよ」

大和の言葉に増山と栗原がその通りだと力強く頷いた。

「それは一般的なサラリーマンの例えですし、今どきそんなこと言わないと思います。それに男女平等の時代なんですから、それなら私も半分出さないと」

「彩花は結婚指輪を用意してくれただろ。それに君に贈る愛の証を君が半分出すなんておかしい」

「……」

ここは素直に喜ぶべきだとわかっているけれど、仕事の上では男女関係ないと自ら主張しているせいか、なんとなく後ろめたさを感じてしまうのだ。

結局大和と店員に説得されて、彼の希望通りの石とデザインにすることに決まってしまった。石はこれから取り寄せるので、大和が一度それを確認してから加工に移るというところまで話がつき、彩花は黙ってそれを受け入れるしかなかった。

「ではよろしければおふたりの指輪も一度お預かりしてクリーニングしてお渡しいたしますね。預かり証をお作りいたしますので少々お待ちください」

店長が出て行くのを見送って、彩花はホウッと深い溜息《ためいき》をついた。

「大和さんってやっぱりすごいんですね」

「なにが？」

「だってお店に入っただけで店員さんたちの空気が変わって、こんな別室に案内されちゃうんだもの」

それに高価な石を普段の買い物のように気軽に選ぶというのも彩花の知らない世界だ。

今更ながら住む世界というか階級が違うことが心配になるが、大和と一緒に過ごしていたら自分も少しずつ慣れていくことができるのだろうか。

これからのことが心配になりしゅんと俯《うつむ》いた彩花の手を大和が引き寄せた。

「俺は自分の持っているものはすべて彩花と分かち合いたいし、すべてを君に贈りたいんだ。この指輪はその誓いの証だ。彩花は自分に過ぎるものだっていうけど、俺の愛の証なんだから受け取って欲しい」

ギュッと握られた手は温かく、それだけで幸せな気持ちになる。彩花は窺《うかが》うように大和を見上げた。

「でも……いつも高価なプレゼントばかりなんてやめてくださいね？　私は大和さんさえそばにいて、元気でいてくれるだけで幸せなんですから」

「ああ、わかってる。俺も君がそばにいてくれることが一番の望みだ」

そうやって大和が選んでくれた指輪は昨日やっと受け取ったばかりで、今朝さっそくそれを指にはめて出掛けてきたのだった。

大和が選んでくれたハートシェイプのダイヤは彩花の指で燦然《さんぜん》と輝いていて、いつまで見ていても飽きない美しさがある。

彩花が目の前に指輪をかざしてニヤつくという、もう何度目かわからなくなった仕草をしているとハンドルを握る大和が小さく笑った。

「そんなに気に入ってくれたのなら贈りがいがあるよ。彩花はもっと安い石がいいって言ったけど、やっぱりそれにして間違いなかったな」

「はい、ありがとうございます」

やはり今も自分には過ぎたものだという気持ちはあるけれど、大和が彩花に似合うと選んでくれたのがなにより嬉しい。自分もこの石に相応しくなりたいと思った。

「そういえば、今日はお兄さんたちもいるの？」

「はい。上の兄は実家で同居してるし、この間会った正兄も近くに住んでいるので、多分奥さんと一緒に来てると思います。きっと家族勢揃《せいぞろ》いですよ」

彩花の言葉に、大和の顔がなんとも心配そうな表情になる。

「お兄さん、この間のこと怒ってないかな？」

「怒ってませんよ。自分も酔っていたって謝ってたし、そもそも両親には話さないように口止めしてありますから」

正貴には昨日のうちに改めて連絡をして、余計なことを言わないように釘《くぎ》を刺してあった。

「それって……俺はお兄さんと初対面の態で話した方がいいってこと？」

「うーん、私はそのつもりなんですけど、その辺はちゃんとフォローします！」

「頼むよ。ものすごく緊張してるから、辻褄《つじつま》の合わないことを言ってしまいそうだ」

不安そうな顔で呟《つぶや》く大和に、彩花は思わずクスクスと笑いを漏らしてしまった。

「笑い事じゃない。株主総会に出席するより緊張してるんだ。お父さんに結婚を認めてもらえなくて、娘はやらんなんて言われたらどうしようと思ったら、昨日はあまり眠れなかったし」

「大和さんでもそんな心配するんですか?」

いつも堂々としているし、マイペースなところのある大和にしては意外な発言だ。今はこんなことを言っているけれど、きっと彩花の家族の前ではいつもの落ち着いた隙のない外向きの顔をするのだろう。

彩花が再び小さく笑いを漏らしたときだった。バッグの中でバイブ音がして、彩花はスマホを取り出した。

母から今どの辺りなのかという質問だと思いアプリを開くと、先日の同期会で話をした五十嵐からのメッセージだった。

彩花が大和の過剰な執着心について相談したから、その後どうなったのか心配しているという内容で、彩花はすっかりその後を報告するのを忘れていたことに気づき慌てて返信をした。

色々話し合って無事に婚約したことを伝えると、すぐにメッセージが返ってきた。

『婚約おめでとう、と言いたいところだけど、やっぱり心配だな。独占欲が崇拝型に変わっただけで、彼の本質が変わったわけじゃない。結婚しても執着されるのは変わらないぞ』

確かに五十嵐の言うことには一理ある。というか、今の大和はまさに崇拝型の真っ最中で、以前のヤキモチを焼いていた独占欲よりも、さらに強く彩花に拘りを持っているように思える。

すべての行動の前提が彩花で、彩花がしたいことが大和のしたいことで、彩花が食べたいものが大和の食べたいもの、そんな感じに思えるときがある。

正直あまり優先され過ぎるのも心配なのだが、今はお互い新しい関係を手探りで築いている真っ最中だ。これからまた大和が過剰な行動をしたらその都度話し合って修正していけばいいと思えるくらいの余裕が、彩花の中に生まれていた。

そのことをお礼と一緒に五十嵐に送ると、彩花はスマホを膝に置いた。

「熱心にメッセージを打っていたけど、仕事？」

「あ、ごめんなさい。大学の友だちです。ほら、この前タクシーで送ってもらったの見たでしょ。あの人です」

「ああ」

大和はすぐに頷いたが、その横顔は少し曇っているように見える。きっと相手が男性だと知り心配しているのだろう。

「見てもいいですよ」

「え？」

「別にやましいこともないので。五十嵐くんって言って、メンタル系のクリニックで働いてるドクターなんですけど、普段からスマイル製菓の社員さんの症状の相談にのってもらってるんです。この前同期の飲み会で大和さんとお付き合いしていることも話してありますから」

彼氏に携帯の中身を見られるのは嫌だと言う人もいるが、もし大和がそれで安心できるのなら、五十嵐とのやりとりを見られてもなんの問題もない。それよりも大和が不信感や疑いを持つことの方が心配だった。

赤信号になったとき携帯を差し出したけれど、大和は首を横に振った。

「彩花のその気持ちだけで十分だ。友だちとの付き合いにまで口を出したら君に嫌われそうだしね」

「そんなことぐらいで大和さんを嫌いになったりしませんよ。だって大和さんの愛は重いんでしょ？　ちゃんとわかっている上でプロポーズしたんですよ」

付き合う前に大和が言った言葉を引き合いに出す。あの時大和は自分の愛は重いから覚悟するように言ったのだ。彩花はそれにとことん付き合うつもりだった。

「それに私と一緒じゃないと食事もしないし、ちゃんと寝ないんでしょ？」

彩花はからかうように、上目遣いで大和を見上げた。

「……その通りだ」

大和が嬉しそうに唇を緩めたのを見て、彩花も笑い返す。

「彩花と一緒なら食事も美味しいし、早く帰って君の顔が見たいから、残業なんてバカらしくなる」

そう言ってくれるのは嬉しいが、その割を食う江崎のことを想像すると心配になってくる。

「江崎さんをあんまり困らせないでくださいね？　いつも大和さんに振り回されているんですから」

「他の男の心配をするのはやっぱり妬けるな」

「それは少し違うと思いますけど……江崎さんは一生懸命大和さんのこと考えてくれる人じゃないですか」

「あいつはそれが仕事なんだから彩花が心配する必要はない」

気づくと大和は本当に不機嫌になっていて、本気で江崎にヤキモチを焼いているらしい。さてどうやって機嫌を直そうかと考えたときだった。

「ああ、でも彩花と暮らしたら睡眠不足がひどくなるかもしれないな」

「え？」

「だって毎晩彩花が隣で眠っていたら触れないでいられる自信がない。彩花を抱いてたら時間なんてあっという間だろ」

大和の愛の重さにはそれもあるかもしれない。自分の少ない経験と比べても仕方がないが、友人から聞いた話と比べても大和は夜の方が強いタイプとしか思えない。

「そ、それは……毎晩しなければ……」

思わずそう口にすると、大和は明らかな落胆顔になる。

「どうして？　彩花は俺に抱かれるのは嫌？」

好きな人に求められるのは嬉しいし、拒む理由はない。問題は毎晩……というところにあるのだと大和が気づいていないことだ。

ここは厳しくしておかないと、ズルズルと大和のわがままを許してしまうことになる。

彩花はわざとつんと窓の方に顔を背けて言った。

「それじゃあ私と一緒に住んじゃダメですね。だって、私は大和さんの心と身体の健康を考えて一緒に暮らしたいなって思ったんですから」

「……」

こういうことは最初が肝心だからちゃんと話しておいた方がいい。そう思って大和と視線を合わせないようにしていたが、いつまでたっても返答のない様子に不安になってくる。

もしかして怒ったのだろうか。彩花が我慢できずにチラリと振り返ると、ずっとこちらの様子を窺っていたのだろう。大和の唇がニヤリと歪《ゆが》んだ。

「あ！　わざとなにも言わなかったんですね⁉」

「別に。色々想像してただけだ」

「想像？」

「そう。もし君が一緒に住まないなんて言うなら、君を部屋に閉じ込めておくしかないなって」

「な！」

まさか彩花を閉じ込める想像をしていたと言うのだろうか。

「冗談だよ。そんなことしたら君に嫌われる」

大和はすぐにそう言って声を立てて笑ったけれど、彩花はその笑い声を聞いても不安だった。執着モードに入った大和ならやりかねないと思ってしまったのだ。

だからといって大和の希望通り毎晩付き合っていてはこちらの身体が保たない。結婚が彼にとって一番いい選択だと思ってプロポーズしたが、彩花にとってはそうでもないことに気づいてしまった。

うすうすは感じていたけれど、大和のようなタイプの男性は愛情表現に限界がないのかもしれない。彩花がこのぐらいだろうと予想していたところのはるか上を越えていくのだ。

江崎から聞いた話や大和のこれまでの仕事ぶりを見る限り、仕事には熱心だが執着が強いようには思えない。社食のことをはじめ色々なアイディアを出し改革は行うが、ひとつのことに拘るようには感じられなかった。

つまりは大和の強い執着と重い愛は、彩花にだけ発動される彼のスキルということになる。もしかしたらこの愛情を受け止め続けることが、逆プロポーズをした彩花に課せられた一生の課題なのかもしれなかった。

彩花の戸惑った顔を見て笑みを深くする大和は出会った頃とは別人だ。いつもこうして彼の笑顔を見るためならどんな努力でもしようと思った。

＊　＊　＊

あらかじめ母親には婚約の報告だと伝えてあったので、彩花たちが実家に到着したときには両親に長兄夫婦とその二人の子ども、次兄夫婦と勢揃いで出迎えてくれた。

車の中で緊張していると言っていた大和だったが、そこはやはり名だたる企業の代表取締役だ。あちこちから飛んでくる家族の質問にもそつなく受け答えをしていて終始和やかな対面となり彩花は内心ホッとしていた。

一応たったひとりの娘ということもあって、学生の頃は兄たちがなんだかんだと男友達について詮索してきたし、自宅に住んでいた高校時代は父と帰宅時間で揉《も》めたことも何度もあった。

しかしさすがに三十歳目前ともなると相手がいることの方が安心できるのか、男性陣も歓迎ムードで、次兄が余計なことを口にしなかったのも彩花を安堵《あんど》させた。

山本家は家族で集まるときは焼肉か手巻き寿司という定番があり、今日は手巻き寿司の代わりに大きな寿司桶《おけ》がテーブルを埋め尽くしていて、兄の子どもたちが大喜びで飛びついた。

「ごめんなさい。賑《にぎ》やかでびっくりしたでしょ?」

彩花は大和の実家を訪ねたときを思い出し、気遣うように彼に囁《ささや》いた。

「楽しそうでいいじゃないか」

大和はそう言って笑ったけれど、彩花は家族の騒がしさから大和を守るのに必死になってしまう。

車で来たと知っているのに兄たちは大和のグラスにガンガンビールを注ごうとするし、なんなら彩花を押しやって自分たちが隣に座ってくる。

「ダメだって。大和さん車だからお酒勧めないで」

「彩花が運転して帰ればいいだろ」

「ていうか、泊まっていけばいいじゃん。部屋はあるんだし」

そう言いながらさらにビールを注ぐ。

「そういえばふたりとも新居はどうするつもりだ？　大和くんが嫌じゃないのならこのまま うちのマンションを使ったらどうだ？」

父の提案はありがたいが、大和の両親にはすでにしばらくの間は大和のマンションに同居をする話をしてあった。

「大和さんのマンションに引っ越すつもりなの。大和さんは忙しいから引越しが大変だし、会社にも近いから通勤も楽でしょ」

「そうか～彩花も家を出るとなると、あのマンションも不要になるなぁ」

残念そうに呟く。子どもたちの進学のために用意したマンションだから、色々と感慨があるのかもしれなかった。

彩花も思わずしんみりしてしまったけれど、その横では兄たちが大和にさらにお酒を飲ませようとしていて、彩花は慌てて叫んだ。

「お兄たち!!　そんなにお酒を注がないでってば！」

「だから泊まって行けって」

「なー大和くんもその方がいいよな」

「そうだそうだ。せっかくだから泊まって行きなさい」

父までが兄たちに同調してお酒を勧める始末で、三人がかりで攻められては彩花も諦めるしかなかった。

「もう！　お父さんまで！」

「いいじゃないの、大和さんにはゆっくりしていってもらったら」

母や義姉たちはその様子を笑ってみていたが、こちらにも予定があるのだと彩花はふくれっ面になった。

今日は母に昼食を一緒にと言われていたので昼に合わせて実家に顔を出したのだが、本当は顔合わせが済んだら地元の元町や中華街を大和に案内するつもりだったのだ。

彩花の家は横浜でも山手と呼ばれるエリアにあり、大和の実家ほどではないが子どものためにブランコや砂場を設置できる程度の庭を持つ、世間的には立派な家だ。実際彩花も小学校に通う頃には自分の家がそこそこ裕福な家庭なのだと理解していたし、学費の高い私立の医学部に通わせてくれた親にも感謝していた。

今日は自分の生まれ育った街を大和にも知って欲しくてあちこち連れて行こうと計画していたのに、これでは予定変更するしかないだろう。

ちなみに大和の実家にはすでに先週末挨拶に行っていて、彩花の実家とはレベルの違う、というか想像以上の、お屋敷という表現がぴったりの家だった。

彩花の家が洋風なら大和の実家は和風で、都内の一等地に長い壁を張り巡らせたその向こうに、純和風平屋造りの建物と広い日本庭園が広がっていた。

彩花は知らなかったが数寄屋造りと呼ぶそうで、大和の祖父の代に建てられたそうだ。広い庭の片隅には茶室もあり、大和の部屋というか居住スペースは離れにある。

今はほぼマンションで暮らしている大和の部屋は和風モダンでアレンジされていて、床はフローリングなのに天井に太い梁《はり》をわざと剥き出しにしてある。主がいないのにモデルハウスのように片付けられた部屋を見て、いわゆる富裕層というのはこういう人たちのことを呼ぶのだと思った。

大和の両親は絵に描いたような素敵なご夫婦で彩花を歓迎してくれた。

実は大和の実家を見て、こういう立派なおうちは嫁にもそれなりの生まれや育ちを望むものではないのかと怖じ気づいていたので、快く迎えられてホッとした。

「これまでに何度かお見合いのお話もいただいていたんだけど、大和は一向にその気にならなくて。もしかしたらこのまま独身なんじゃないかって心配していたの」

大和の母はそう言って彩花の手を取った。

「わがままなところもあるけれど、末永くよろしくね」

「こちらこそよろしくお願いいたします」

彩花は大和の母との会話を思い出し、桜庭家と山本家の違いに苦笑してしまう。

ざっくばらんと言えば聞こえはいいが、頭数が多く賑やかな山本家に大和が引いてしまうのではないかと心配でたまらなかった。

大和がお酒をそれなりに嗜《たしな》めることは知っていたので、兄や父があまりにもしつこくなってきたら止めに入ろうと思いながら、久しぶりに女同士でもあれこれ話をしているうちに時間はあっという間に過ぎて行った。

結局ふたりが山本家を出たのは夕飯時で、義理の姉たちが自分の夫を促すことで宴席はなんとかお開きになった。

両親には泊まっていくように勧められたのだが、さすがの大和も初めての家に泊まるなど落ち着かないだろうと、彩花が大和のマンションまで運転していくことにしたのだ。

「お疲れさまでした。兄たちがしつこくお酒を勧めてしまってごめんなさい」

「大丈夫。俺も楽しくてついつい飲み過ぎてしまったよ」

大和は助手席で笑いながらネクタイを緩める。その顔は珍しくうっすらと赤くなっていて、いつもより酒量が多いのだとわかった。

最初はビールだったのだが大和が飲める口だとわかると父がワインセラーからとっておきのワインを出してきて振る舞いはじめ、その他にもあれこれ飲まされていたようだ。

「騒がしくて疲れたでしょ」

「いや、お世辞じゃなくて本当に素敵なご家族だと思ったよ。それにご実家も素敵なお宅だったし。今度は彩花が育った部屋も見せて欲しいな」

「私は大和さんと元町デートしたかったのに」

彩花はあれこれ計画していたことを再び思い出してしまい、口をへの字にした。

「うちの男どもはしつこいんですよ！　大和さんは私の恋人なのにベタベタ肩なんか組んだりするし、どうして話をするのに隣に座らなくちゃいけないんですか」

考えて見れば実家に着いてからは、大和とあまり言葉を交わす機会もなかった。普段は二人きりでとりとめのない話をいつまでもしているので不思議な感じだ。

すると大和がなぜか嬉しそうに笑う。

「彩花が俺にそんな独占欲を見せてくれるなんて初めてだな」

「そう、ですか？」

今までも社内で大和の人気を耳にしていて、そのたびに胸がモヤモヤしていた。自分ではそれなりに独占欲があるつもりだったが、大和に知られたくなくてひた隠しにしていたので、気づいていなかったのだろう。

彩花だって好きな相手に、それなりに独占欲もあるし嫉妬もする。大和のように過剰表現になっていないだけだ。

「私だって、いつも大和さんの一番でいたいって思ってるんですよ？　なにを考えてるのかなって、いつも観察してますもん」

「そうなのか？」

大和が驚いたように眉を上げるのを見て彩花は微笑んだ。

「そうですよ。あ、でもそういう察する系は江崎さんには勝てないかも」

「どうして江崎？」

「だってあの人、いつも大和さんのやりたいことを察して、先回りして準備してくれるでしょ」

「あいつの場合は口うるさいだけだ」

「違いますよ。私もそうですけど、最近の若者は空気を読むとか察するのが下手なんですって。だから江崎さんは若いのに有能です。大事にしてくださいね」

彩花はハンドルを握ったままそう口にしたが、大和の返事が返ってこない。

「……」

「大和さん？」

彩花が横目でチラリと助手席を見ると、大和が溜息をついた。

「彩花と話していると、ちょくちょく江崎の話になるな」

どうやらまた江崎にヤキモチを焼いているらしい。

「あー……別に江崎さんが好きなわけじゃないですよ？　でも仕事の上では女房役で平日なんて私より一緒にいる時間が長いじゃないですか。まったく避けるわけにいかないでしょ？」

「それはそうだが……いっそ彩花が俺の秘書だったらよかったのに」

「ふふふっ。私は大和さんだけの主治医ですから」

「確かにそうだ」

すると視線の端で大和が小さな欠伸を噛《か》み殺すのが見えて、彩花は笑みを浮かべた。ちょうど信号が赤に変わったので、助手席に視線を向ける。

「大和さんは寝てていいですよ。この時間なら都内も混んでないし、ナビもあるから私ひとりでも大丈夫です」

「……うん」

大和の目は眠たげにとろりと閉じかけていて、眠気を我慢できない子どものようだ。

「彩花、今日は泊まってくれるだろ？」

大和は片手を伸ばし彩花の左手を摑《つか》んだ。そう言っているうちにも大和の目は閉じていて、半分夢の中にいるようだ。

「もちろんです」

目の前で信号が青に変わり、彩花は再びアクセルを踏んだ。

次の信号待ちのタイミングで再び大和の様子を窺うと、案の定すうすうと規則的な寝息を立てていた。

初めて大和に出会った時はワーカホリックの社長を心配していて、そのあと食事に誘われても関わらないようにしようと思ったのが嘘《うそ》のようだ。

今では唯一無二のかけがえのない人で、この先一生離れることなどできないほど愛してしまった。

運命の人との出会いはあまりにも突然で意外なシチュエーション過ぎて、大和と出会う前の自分には想像もできなかった。

この出会いに導いてくれたのは彩花に産業医を薦めてくれた教授だろうか、それとも大和が倒れたときに彩花を呼んだ江崎だろうか。

そこまで考えて彩花は一人忍び笑いを漏らした。この思考を大和が読んでいたらまた江崎の話になったと怒るだろうと思ったのだ。

「大和さんが一番大好きですよ」

彩花はそう呟くと、ひとり微笑みながら車を走らせた。

エピローグ

ふたりの結婚式は彩花の産業医としての契約が満了してから執り行われることになったが、大手企業の社長の結婚式の準備期間としては足りないぐらいで、あっという間に時間が過ぎていった。

ただ大和が早く一緒に住みたいと駄々を捏《こ》ね、ある意味彼を甘やかすことに慣れてしまった彩花は、すんなりとそれを受け入れて彼のマンションに引っ越したし、先に入籍をしたいという大和の希望にも頷《うなず》いた。

以前に江崎が大和の世話を焼くのを見ていて大変な仕事だと思っていたが、いつの間にか自分も彼の世話を焼くことが楽しみになってしまっていて、そういう意味では自分たちはお似合いなのかもしれないと思った。

そんなこともあり、結婚が決まってからはさらに江崎と意気投合してしまった。大和の相手という同じ苦労をする仲間とでも言えばいいのか、仕事が忙しい大和に代わって江崎が結婚式の準備を手伝ってくれたのもありがたかった。

社長就任前から大和の秘書を務めている江崎は有能で、招待客の選別をしたり、席割りを考えてくれたりと、江崎なくしては結婚式までたどり着けなかったと、彩花はあとになって何度も思ったものだ。

最近では地味婚とか家族婚とか、大企業の社長や有名人でもこぢんまりとした結婚式が主流の中、二人の結婚式は都内の老舗ホテルで盛大に行うことになった。

ホテル内のチャペルで挙式を行い、披露宴には一番大きなバンケットホールを使うことになったのだが、自分が想像していたものよりも大規模な結婚式に彩花は戸惑ってしまう。

「両家のバランスを考えると最低でも四割ぐらいは奥様側の招待客が欲しいところですが」

江崎の言葉から会場と人数を計算して眩暈《めまい》がしてくる。大学や高校時代の友だちは喜んで参加してくれると思うが、大和側の招待客が企業のトップばかりだとすると、来賓の挨拶などでバランスがとれなくなる。

「とりあえず大学の教授やお世話になった指導医の先生には声をかけますけど……」

「もし彩花さんがお嫌でなければ、お父様のご友人はいかがですか？　彩花さんのお父様のご友人なら名のある教授やお医者様も多いんじゃないですか？」

「なるほど」

両家の格が違うとこうやってバランスを取るのだと納得したけれど、江崎のアドバイスで父に相談したところ快く協力してくれることになった。

その他にも江崎提案の演出は色々あって、ドラジェの代わりに自社製品を配ることや、お菓子作りができるならウエディングケーキを手作りにしてはどうかなどきりがない。

これもまた江崎の提案だが結婚式当日は社員食堂を開放し、社員のためにビュッフェに同じホテルのパティシエが作ったスイーツを並べ、披露宴の様子を映像で見られるようにすることになった。

結婚式は土曜日に執り行われる予定だったので、彩花はその話を最初に聞いたときはわざわざ会社まで来る社員は少ないのではないかと思っていた。ところが江崎が人数把握のためにアンケートを取ったところ予想以上の希望者が殺到し、急遽《きゅうきょ》予定よりも多くのスイーツを発注することになった。

ホテルの人との打ち合わせにも一緒に参加しあれこれ仕切ってくれるので、最後は江崎の天職はウエディングプランナーなのではないかと思ってしまったほどだ。

彩花があまりにも江崎とばかり連絡を取るので大和はかなり不機嫌だったが、挙式の日が近づくにつれて、彩花は彼の機嫌を気にしている暇もないほど忙しくなっていた。

招待客が多ければその分トラブルも増える。間際になって体調不良で欠席するかもしれないとか、アレルギーがあるので料理のメニューを教えてほしいなど連絡が入って、自分の結婚式への感慨を覚える暇もなかった。

そうして迎えた式の当日は秋晴れで、その日をホテルの部屋で迎えた彩花は窓の外に広がる東京の街並みに、ひとときの緊張も忘れて見入ってしまった。

結婚前夜は家族で過ごした方がいいという、いつも一緒にいたがる大和の意外な提案で両親と一緒にホテルに宿泊したのだが、たった一晩離れていただけなのに大和に早く会いたくてたまらなくなる。

大和は昨日実家に帰っていて、予定ではチャペルまで顔を合わせないことになっていたので、彩花はメッセージアプリで朝の挨拶だけを送って我慢することにした。

結婚式は女性が主役と言うけれど、客室まで迎えに来たスタッフと共に控え室に向かうとそのあとはお任せで、あれよあれよという間にヘアセットや化粧を施されて、気づくとウエディングドレス姿でドレッサーの前に座っていた。

挙式の後は色打ち掛けに着替えて、その後お色直しでもう一度カラードレスに着替えることになっている。つまりは一日中着たり脱いだりをくり返すことになっていて、すでに前撮りでそれを経験している彩花は想像しただけで今からぐったりしてしまう。

一生に一度の結婚式で今からぐったりしていると聞いたら大和はどんな顔をするだろう。自分はこんなに楽しみにしているのにひどいと怒るか、それとも彩花らしいと笑うだろうか。

「お綺麗《きれい》ですよ」

思わず唇に笑みを浮かべていた彩花を見て、スタッフが言った。きっと結婚の喜びと幸せを噛《か》みしめていると思われたのだろう。

確かに鏡の中の自分はいつもより顔が輝いて幸せそうに見える。大和も今頃同じ気持ちでいてくれるだろうか。そう思ったとき扉を叩《たた》く音が聞こえて、すぐそばのスタッフと顔を見合わせた。

もう間もなく式が始まるという時間で、先ほどまで一緒にいた両親や兄たちはスタッフに案内されてチャペルに向かったばかりだ。こんなときに扉を叩くなんて、誰か忘れものでもしたのだろうか。

立ちあがろうとする彩花をスタッフが視線で留めて、代わりに扉を開けてくれる。そしてにっこりと振り返った扉の向こうから、タキシード姿の大和が現れた。

「大和さん⁉　どうしたんですか？　先にチャペルで待ってるんじゃ……」

段取りでは、父と一緒にバージンロードを歩く彩花を、大和は祭壇の前で出迎えることになっている。彼がそれを知らないはずもないし、そもそも大和には江崎がついているから段取りを間違えることなどあるはずがない。

「江崎さんはどうしたんですか？」

子どもではないのだから江崎とはぐれたということはないだろう。彩花が思わずそう口にすると、笑顔だった大和の顔が曇る。

「彩花は俺より江崎の心配をするんだな」

その声音は明らかに拗《す》ねていて、彩花はしまったと思いながらどうフォローするか考える。下手に出るか、それとも少し冷たくするか、大和の扱いは難しいのだ。

メイクのスタッフが気を利かせて続き部屋に入っていくのを見て、彩花は溜息《ためいき》をついた。

「だって、今日は江崎さんが大和さんに付き添うって言ってたでしょ。それに大和さんはもうチャペルで待っていてくれるはずの時間じゃないですか」

「わかってる。だから少しだけって釘《くぎ》を刺された。君が心配している江崎はちゃんと扉の外で待機してるよ」

大和が勝手に抜け出してきたのではないことを知りホッとする。その表情を見た大和は、なにを誤解したのかさらに眉間に皺《しわ》を寄せ不機嫌になる。

「君は俺じゃなくて江崎と結婚するんじゃないかって途中から心配だったんだ」

「だったらもっと準備に積極的に参加してくれてもよかったんですよ？　江崎さんがいなかったら今日の日を迎えられなかったかもしれませんから」

大和の仕事が忙しいことも納得していたけれど、この先もいちいち江崎にヤキモチを焼いていては続かないと、彩花はわざとチクリと言った。

「……」

「何度も言ってますけど、私が一番好きなのは大和さんです。挙式はこれからですけど、もう入籍して半年以上経つのにまだ信じられないんですか？」

言葉は少し厳しめだが、彩花はその代わりに大和の手を取ってギュッと握りしめる。手袋越しにも大和の体温が伝わってきてホッとしてしまう。

「不思議なんだが、一緒にいればいるほど君のことを好きになるんだ。君が俺のことを好きでいてくれているのもちゃんと頭でわかっているのに、君が他の男の名前を口にするだけで、この辺りがざわつく」

大和は片手で胸の辺りを押さえて見せた。

「この気持ちをどうやって君にわかってもらえばいいのかわからないが、今朝起きたときも君が隣にいなくてガッカリした。すぐにこうやって会えるとわかっていたのに。挙式の前に君が本当に俺と結婚するつもりなのか不安になって、江崎にムリを言って確認しに来たんだ」

こんなにも自分のことを愛してくれる人がこの世にいるだろうか。世の中にはたくさんの愛情溢《あふ》れるカップルがいるかもしれないが、自分以上に愛されている人はいないだろう。他の人から見れば大和の愛情表現は過剰を通り越して異常な執着に見えるかもしれないが、彩花にとっては愛されていると実感できる言葉ばかりだ。

彩花はもう一度大和の手をギュッと握りしめると、彼を見上げてにっこりと微笑んだ。

「じゃあその気持ちは今夜たっぷり教えてください。私だって昨日一晩大和さんがそばにいなかっただけで寂しくて仕方がなかったんですよ」

「わかった。約束する」

大和は嬉《うれ》しそうに唇を緩めると、彩花の腰を引き寄せ優しく口付けた。

一瞬これからチャペルで永遠の誓いをする前なのにと思ったけれど、今は大和の温もりを感じたい。どうせこの後は長い披露宴が終わるまで大和とイチャイチャすることができないのだ。

彩花がわざと誘うように唇を開くと、大和の口づけが深くなった。この後戻ってきたメイクのスタッフに口紅がすっかりとれてメイクが崩れていることで驚かれ、恥ずかしい思いをしながら化粧直しをしてもらうのだが、大和とのキスに夢中になっている彩花はそのことに気づきもしなかった。

社長秘書江崎の日常

江崎真斗《まさと》は老舗菓子メーカー、スマイル製菓の社長、桜庭大和の秘書だ。

上司の桜庭は仕事に熱心で社員のことを考えるいい人物なのだが、少々ワーカホリック気味なところがある。実際体調を崩すまで無理をしていることに気づかないので、彼の一番そばにいると自負している江崎としては気が気でない。

そんな彼の意識を変えてくれたのが、三ヶ月ほど前に桜庭と結婚式を挙げた彩花だった。一目惚《ぼ》れした桜庭の熱烈なアタックで結婚までこじつけたのだが、江崎が思い出す限りふたりの出会いは……最悪だった。

我が強く仕事のことならどんな無理もしてしまう桜庭を、ほぼ初対面の彩花が頭から怒鳴りつけたのだ。

ふたりの間には一触即発の空気が流れそばにいた江崎は息を呑《の》んだが、心配をよそに桜庭はあっさり彩花の言葉を受け入れた。

スマイル製菓御曹司として育った桜庭はこれまで自分を怒鳴りつけるような女性に出会ったこともなく、ワンマンではないが自分を否定された経験などほとんどない。

それなのにすんなり彩花の指摘に頷《うなず》いたのを見たときは、見た目以上に体調が悪かったのかと思ってしまったほどだ。そうでなければ彼女と大げんかをして産業医としての契約を終了するぐらいのタイプで、決して強い言葉をすんなり受け入れる性格ではない。

桜庭が爆発した後は自分が後始末として大学に新たな産業医を出してくれるよう依頼するか、医師の派遣を行っている会社を探すのだろうと覚悟していたので、大袈裟《おおげさ》でなく彩花が救世主に見えたのを今でもよく覚えている。

しかも彩花は江崎が変えることができなかった桜庭の不健康な食生活も変えてしまった。普段自ら好んで口にしない野菜を食べるようになり、彼女に会いたいばかりに残業の時間も格段に少なくなった。

おかげで桜庭のスケジュールに合わせて生活していた江崎も残業が減り、結果的にはスマイル製菓に入社して以来初めてと言っていいほどプライベートの時間を持てるようになった。

友人と飲みに行く機会が増えて、数年ぶりに女性との出会いもあった。

最近交際を始めた亜樹《あき》は江崎より三つ年下で、カルチャースクールの講師をしている。まだそれほど深い付き合いとまでは言えないが、桜庭夫妻の幸せな様子を見ていると、家庭を持つのも悪くないと想像する程度には気の合う女性だった。

その日も桜庭のスケジュールは順調に進んでいて、これなら定時を過ぎればあまり遅くならずに退社できそうだった。

今夜は亜樹と約束をしていないが、彼女はいつも突然の呼び出しにも応えてくれる。あまり残業のない会社だから江崎に合わせると言ってくれていて、それなら彼女が食べたいと言っていた店に誘ってみようか。

おでんがメインのこぢんまりとした居酒屋だそうで、若い女性同士は浮いてしまいそうだから、一緒に行ってみたいと言われていたのだ。

その話を聞いたときはすでに店は満席で入れなかったのだが、今から連絡を入れておけばカウンター席をふたり分ぐらい確保してくれるだろう。

「なんていう名前だったっけ」

店の名前を検索しようとスマートフォンを手に取ったときだった。

江崎の部屋、秘書控え室から社長室へと通じる扉が開いた。

「江崎、今話せるか？」

その言葉に、江崎は珍しいことだと立ちあがった。大抵用事があるときは内線電話で呼び出されるし、江崎もそれが当然だと思っている。

それなのにわざわざ自分から声をかけにくるなんて、余程重要な話か気になることがあるらしい。

些細《ささい》な変化にも気づいてしまう自分を内心で褒めつつ、部屋の中に戻っていく桜庭のあとを追った。

硬い表情で自席に腰を下ろした桜庭を見て、どうやら話しづらい内容らしいと見当をつける。

　桜庭の性格上こういうときはわざとなにも気づいていないふりをした方が適しているので、江崎はいつもの調子で話しかけた。

「なにかありましたか？　先に言っておきますが、明日の会食は奥様に会いたいからという理由ではキャンセルできませんからね。そもそも今夜は奥様は当直ですよね？　だからこの日に調整したんですから」

　彩花に会いたいからとなるべく夜の会食を入れなくなったのだが、当然断れない種類のものもある。彩花には定期的にスケジュールの確認をしていて、なるべく新婚のふたりの邪魔をしないように予定を入れるようにしていた。

　人によっては夫の予定に妻が合わせるものだと言う人もいるが、このふたりにはそのスタイルがよく似合っていた。

「明日の会食ならちゃんと行く」

　ムッとしたような声音ですぐに返事が返ってくる。怒っているというより子どもが拗《す》ねたような表情に、内心クスリと笑いを漏らした。

　桜庭は彩花と交際するようになってから、表情が豊かになった。それまでは近寄りがたい硬い表情がお面のように貼りついていたのに、今は柔らかさがある。

　もちろん見慣れない人にはいつも通りの厳しく硬い表情に見えるから、社長としての威厳は損なわれず、人としての深みが増したように思えるのは、部下のひいき目だろうか。

江崎がそんなことを考えていたら、桜庭が探るような口調で言った。

「なんだ、その……おまえ、恋人に料理を作ったりするのか？」

「……は？」

唐突な問いに言葉に詰まる。秘書として上司の言葉を理解できないなんてあるまじき事態だが、桜庭の口から出る質問として、部下のプライベートはあまりにもそぐわなすぎる。

これまで桜庭に自分のプライベートなど話したこともないし聞かれたこともない。当然最近恋人ができたことだって知らないはずで、自分のこれまでの言動にそれを匂わすようなことがあったのかと不安になる。

彼が社員の家族構成などに目を配っているのは知っているが、まさか恋人の有無は本人が申告しない限りわからないはずだ。

ということは勝手に恋人がいる前提で質問しているわけで、桜庭が知りたいのはそもそも恋人の有無より、江崎が料理を作るかどうかを知りたいのだろう。

やっと質問の意図を理解した江崎は軽く頷きながら口を開いた。

「なるほど。社長は料理を勉強されたいのですね？」

簡潔な問いに桜庭が深く頷いた。

自分の推理が当たっていたことに安堵《あんど》したが、あの言葉からそこまで連想できるのは自分ぐらいだと胸を張りつつ、この後の対応を考える。

「ちなみに社長はどんな料理をお作りになりたいんですか？　お好きなスイーツがメイン

なのか、和食なのか、洋食、たとえばハンバーグとかそんな感じですか？」

「全部だ」

「……は？」

「フルコースを作りたいんだ」

「そ、それはフレンチ……ということですか？」

桜庭は再び深く頷いた。

「ね、念のためにお聞きしますが、それは……いつまでとか期限が決まっていたりしますか？」

声に動揺が出てしまったが仕方ない。

そもそも包丁を握ることも想像できない人がフルコースを作れるほどの技術を習得するのには、何年かかるのだろう。

彩花からチラリと聞いた話では桜庭は一緒にキッチンに立つのが好きだそうで、食事の支度を手伝ってくれると言っていたが、それはただ愛妻のそばにいたいだけだろう。

せいぜい洗い物を手伝うとか味見係レベルであることは彩花の言葉から伝わってきたから、料理経験はほぼないに等しいはずだった。

「奥様には相談されましたか？」

「いや……できれば彼女には内緒にして欲しい」

「……承知しました」

江崎は一拍おいて了承の言葉を返した。

あと二ヶ月ほどで彩花の誕生日だ。誕生日プレゼントのサプライズとして自分で料理を作ろうと思いついたのだろう。

妻を溺愛と言っていいほど愛している桜庭らしいアイディアだが、期限が二ヶ月となるとかなり難しくなる。彩花に内緒にするという時点で一番必要な時間のやりくりができなくなるし、そもそもが忙しい人で、今現在だって仕事の時間をかなり調整して妻と過ごす時間を作っているのが現状だ。

だからといって無理ですと一蹴してしまうのは敏腕秘書を自認する江崎にはできないことだった。

実際には料理教室だの妻の誕生日などプライベートなことは業務とまったく関係ないのだが、長年桜庭のそばにいて彼の満足を追求している身として断ることはできなかった。

「習得目標は奥様の誕生日まででよろしいですね？　となると、普通の料理教室では難しいですね。社長のスケジュールからすると決まった曜日に時間を確保するのは難しいですし、こちらの都合に配慮してくれる個人教授ということになりますが……」

料理教室の講師に知り合いはいない。となるとツテを辿《たど》って紹介になると考えて、恋人の亜樹のことを思い出した。

彼女はカルチャースクールで働いているから、講師のひとりぐらい紹介してくれないだろうか。

「私に少し心当たりがありますので、誰かいい人がいるか聞いてみます。個人教授ならある程度は時間や曜日の融通はつくでしょう。あとは奥様にバレないようにする必要がありますが、その辺のスケジューリングはお任せください」

「いつも思うが、どうしておまえの方が彩花のスケジュールを把握してるんだ」

気に入らないと顔を顰《しか》めた桜庭に笑いがこみ上げてきたが、なんとか唇を引き結んだ。

「秘書としてご家族のスケジュールを把握するのは当然です。というか、まさか私にヤキモチを焼いているわけではないですよね」

江崎はわざと澄まして桜庭を見ると、図星だったのかさらに眉間の皺《しわ》が深くなった。

さっそく亜樹に連絡したところ「ちょうどいい講師がいる」と言ってくれたので、こちらの条件を伝えて手配を頼んだ。

場所は夜間でかまわないならカルチャースクール内の調理室を提供できるし、桜庭のイレギュラーのスケジュールにも対応してくれるという答えに、あまりにうまくいきすぎて、早々に彩花にバレるというオチまでついてくるのではないかと心配になったほどだ。

講師料を尋ねたところ費用は材料費のみでいいと言われたが、さすがに申しわけなくて、報酬はきちんと払うので安心してほしいと伝えてもらうよう頼んだ。

レッスンの日はなるべく彩花の夜勤の日を考慮するようにしたが、普段の夫婦の時間に食い込んでしまうのは期間限定ということで諦めてもらうしかなかった。

そしてレッスンの初日。いざ指定の場所と時間に桜庭を連れて行くと、なんと調理室で待っていたのは亜樹だった。

「亜樹、ちゃん？」

思わずそう口にし、ハッとして口を噤《つぐ》んだが一瞬遅かった。振り返るとすぐ後ろに桜庭が立っていて、江崎と亜樹に興味津々の眼差しを向けている。

「なんだ、知り合いだったのか」

「ええと、まあ、はい」

江崎は亜樹をどう紹介すればいいのか逡巡《しゅんじゅん》してしまう。いつもの江崎ならいくらでもいいわけが出てくるはずなのに、こんなところで亜樹に会うと思わなかったから、柄にもなく動揺している。

「はじめまして。江崎さんとお付き合いさせていただいています。首藤《しゅとう》亜樹です」

亜樹がそう口にしてしまったので、正直に紹介するしかなかった。

そもそも亜樹とは隠すような関係ではないし、誰に紹介しても恥ずかしくない女性なのになぜ一瞬でも誤魔化そうとしたのかが謎だ。

「社長、首藤さんです。今回、彼女がこのスクールで働いているので講師を紹介してもらいました」

いつものように冷静に紹介しているつもりだが、自分でも驚くぐらい心臓がドキドキと大きな音を立てていた。

桜庭にプライベートを知られるのは気恥ずかしくてたまらない。散々彼の生活をサポートしているのにおかしな話だが、服の下で汗をかくのを感じた。

江崎の緊張を知ってか知らずか、いつものように一見無愛想にも見える表情で亜樹に向かって軽く頭を下げた。

「そういうことか。はじめまして、桜庭です。江崎はご迷惑をおかけしていませんか？」

「いつもよくしてもらってます。桜庭さんの話もよく聞くんですよ」

「どんなふうにです？」

「仕事熱心で真面目な人だって。それから奥様をとても愛していらっしゃるって」

「なるほど」

〝愛している〟という言葉に照れもせず、桜庭は満足そうに頷いた。

「どうして亜樹ちゃんが？　もしかして講師の都合がつかなかったとか？　それなら連絡してくれれば……」

江崎は亜樹の腕を引き桜庭から引き離してから尋ねた。

「真斗くんのお仕事をお手伝いしようと思ったの。料理の腕前に関しては、私本当にここの講師だから安心して」

「えっ⁉　講師って……亜樹ちゃん⁉」

思わず声が大きくなってしまったが、それならそうと教えてくれればよかったのにと恨みがましい気持ちになってしまった。

「ふーん。真斗くんね。おまえ、女性をちゃん付けで呼ぶタイプだったんだな」

桜庭のからかう言葉に、江崎はカッと頬が熱くなるのを感じたが、今更誤魔化しようがない。

「どう呼ぼうと私の自由です。さ、さっさと支度をしてください。あまり遅くなると奥様に浮気を疑われるかもしれませんからね！」

相変わらず顔が熱いことが気になったが、いつもの口調で桜庭を追い立てた。

「まずは桜庭さんのレベルを知りたいので、一緒にハンバーグを作ってみましょう。はじめに私がお手本を作りますから、その後はおひとりで。手順はホワイトボードに書いてありますから、それを見ながらお願いします。わからないことは質問してくださいね」

講師の制服である赤いエプロン、頭にはチェックのバンダナというスタイルの亜樹が桜庭と江崎に向かってにっこりと微笑んだ。

桜庭だけレッスンに放り込むつもりだったのに、マンツーマンだとやる気が出ないとか、今後のためになるから参加しろなどと言われて、江崎も一緒に教わることになってしまった。

そもそも大学時代から一人暮らしの江崎は最低限の料理ぐらい出来る。お坊ちゃん育ちの桜庭とは違うのだ。

しかし実際亜樹のデモンストレーションを見てみると中々面白く、今まで当たり前のようにやっていたことが間違っていたり、ちょっとしたコツで味がしっかり決まってくるのは面白かった。

だがそれは料理をある程度知っている江崎だからこそ面白いので、ほぼ料理初心者の桜庭にそんな余裕はないようだった。

実際に自分たちで調理するターンになると、桜庭はこれでもかというぐらいのポンコツ具合を発揮してくれた。

「うわあっ！　なんでいきなり焦げるんだ！」

「社長、それじゃ火が強すぎます！」

「レシピにはそんなこと書いてないぞ！」

「いいからまずは弱火に！」

一事が万事その調子で、一緒に調理をしている江崎は気が気ではない。

これはいくらなんでも亜樹に任せるのは申しわけないだろう。そもそもこの料理レベルで二ヶ月でなんとかしようというのが間違っていたのだ。

桜庭が焼いた焦げたハンバーグの中身が生焼けなのを見て、亜樹が難しい顔で言った。

「うーん。中々時間がかかりそうですね」

それに続く言葉はもうこれ以上は面倒を見られないという断りの言葉だと思ってた江崎は、亜樹の言葉に目を見開いた。

「目標はフルコースというのは素晴らしいんですが、それは最終目標ということにしましょう。まずは奥様のお誕生日に作るメニューを決めて、二ヶ月後にそのメニューだけは完璧に作れるようにしてはいかがですか？」

「具体的にはどうすれば？」

自分のポンコツ具合を自覚したのか、桜庭が亜樹の言葉に飛びついた。

「たとえば、今日のメニューは比較的初心者の方に作りやすいメニューですが、桜庭さんは火加減の調節が苦手そうなので、軽く焼き色だけつけたらあとは煮込みにするとか。ソースは市販のデミグラスソースを使えば簡単ですし、煮込むから中まで火が通らないという心配もないですよ。簡単ですけどソースにキノコやタマネギを入れて煮込んだら、かなり本格的に見えます」

「なるほど。他には？」

「そうですね。同時進行は大変ですから、ポタージュスープとか、先に作っておけるものをメニューに入れてもいいです」

「いいね。彼女はジャガイモのポタージュが好きなんだ」

「ああ。それならいいレシピをお教えできますよ」

ふたりの会話を聞きながら、江崎は桜庭にハキハキと的確なアドバイスをする亜樹を頼もしく見つめていた。

カルチャースクールの講師とは聞いていたが、勝手に手芸とかそんな感じだと思っていたのだ。まだ付き合って日が浅いとはいえ、彼女の話をいい加減に聞いていた自分を反省するしかなかった。

「俺、亜樹ちゃんが料理を教えているなんて知らなかった。今までちゃんと亜樹ちゃんの話を聞いていなかったんだなって反省したよ」

後片付けで洗い物をする亜樹を手伝いながら、江崎は小さな声で言った。すると亜樹は顔をあげ少し驚いたように江崎を見つめ、すぐに笑い出した。

「ああ、それならいいのよ」

「え？」

「私、付き合ったばかりの男の人には自分の仕事言わないようにしているの。結婚したらいい奥さんになるとか、いつも美味しい料理を作ってくれるんだろうなって期待されたくないから」

「そういうことか」

確かにそう考える男性も少なくないだろう。江崎だってやはり一度ぐらい、可愛い妻が美味しい料理を作って出迎えてくれるシチュエーションを想像したことがある。

「夢を壊すようで申しわけないけど、料理教室の講師だからって家のことが完璧とかいい奥さんになるってことないと思うんだよね。私、料理以外は全然だから掃除とか下手だし、洗濯物干したり畳むの嫌いだし」

確かに無意識でも妻に母親のような役割を求めてしまう男性がいると聞いたことがあるし、江崎自身も仕事とプライベートは別だから、休日はなるべく仕事のことを考えないようにしている。

自分も掃除が得意とは言えないが、お互いができることをすればいいのではないだろうか。江崎がそう口にしようとしたときだった。

「でも、真斗くんにはもう教えてもいいかなって」

「え？　それって」

後ろで作業をしている桜庭に聞こえないぐらいに声を潜めて亜樹が言った。

「真斗くんになら料理を作ってあげたいなって」

自分の耳にだけ届いた言葉に江崎の心拍数があがる。これは……世に言う逆プロポーズではないだろうか。

桜庭が彩花から逆プロポーズをされたことは知っていた（彼が一方的にのろけてきた）が、まさか自分にもそんなことが起こるとは思わなかった。

というか、今自分には人生最高の瞬間が訪れようとしている。

「そういうのどう、かな？」

言葉を失った江崎を、亜樹が探るように上目遣いで見た。

「……っ！」

――ヤバイ。俺の彼女は世界一可愛い。これは自分も社長夫妻のようにバカップルまっしぐらになるかも知れない。

江崎は小さく息を吸って、亜樹の耳に唇を近づけた。

「亜樹ちゃん」

掠《かす》れた声で呟《つぶや》く。どうしていまここに桜庭がいるのかと、もどかしくてたまらない。しかしこういう言葉はふたりきりで、もっとちゃんとしたシチュエーションで伝えたい。

「続きは俺が言うから、楽しみに待ってて」

そう言って桜庭を気にする素振りを見せると、亜樹はチラリと振り返ってから満面の笑みを浮かべて頷いた。

家庭を持つという想像をしたことがなかったが、桜庭夫妻を見ていると悪くないと思えてくる。あのふたりを参考にするのは間違っているかもしれないが、きっと自分も亜樹と幸せな家庭を築けるような気がした。

＊＊＊

「ただいま～……えっ⁉」

玄関を開けたときからいい匂いがしていると思ったが、ダイニングの扉を開いた次の瞬間彩花は目を丸くした。

「これ、どうしたの？」

ダイニングテーブルの上には料理の皿がたくさん並んでいて、その隣には胸当て付きの黒いエプロンをした大和が立っている。

しかもその顔には満面の笑みが浮かんでいて、彩花が驚いたことに喜んでいるようだ。

「大和さんが作ったの？」

テーブルの上にはアボカドのサラダにポタージュスープ、メインの皿には湯気が立ち上るデミグラスソースがかかったハンバーグ。テーブルの真ん中にはピンク色の薔薇《ばら》の一輪挿しと赤ワインのボトル。それからバスケットにはスライスされたバゲットも準備されている。

結婚前から大和がこんなにも本格的な料理を作ったのを一度も見たことがなかったけれど、なにが起きたのだろうか。

彩花が驚いていると、キッチンに入っていた大和が両手にケーキを捧《ささ》げ持って戻ってきた。

「彩花、誕生日おめでとう！」

「あ」

数日前、大和に誕生日の予定を聞かれて、自分が準備をするから楽しみにしているように言われたことを思い出す。その時はなにをしてくれるのだろうと楽しみにしていたのに、ここ二、三日忙しく今日が自分の誕生日であることもすっかり忘れていた。

「ほら、座って」

彩花は胸が嬉《うれ》しさでいっぱいになってイスに腰を下ろした。

さっそくワインを開けて乾杯をする。

「生まれてきてくれてありがとう」

これまで〝おめでとう〟という言葉は何度も聞いてきたが、誕生日にありがとうと言われたことはない。その言葉のチョイスに、もう何度目かもわからなくなったけれど、大和に惚れ直してしまう。

「こちらこそ、ありがとうございます」

「さ、食べてみて。上手くできているかわからないけれど、君のために作ったんだ」

「嬉しい。でもね、今胸がいっぱいで味がわからないかも」

本気でそう言ったが、大和は冗談だと思ったのか噴き出した。

実際大和の手料理は本当に美味しかった。

ポタージュスープはちゃんと裏ごしされているのか舌触りも滑らかで、ハンバーグは柔らかくてとてもジューシーだ。

「全部美味しい！　大和さんってお料理上手だったんだね。仕事もできて家のことも得意なんて完璧な旦那様って感じ。他にはなにが作れるの？」

彩花はあまりの美味しさに、期待の眼差しを向けてしまった。

しかし大和はばつの悪そうな顔で彩花を見た。

「実は……君のために猛特訓をしたからこれしか作れないんだ。ケーキも買ってきたものだしね。もちろん彩花が好きな銀座の洋菓子店に頼んだ。本当は全部手作りにしたかったんだが」

大和が申し訳なさそうに言ったが、それよりもわざわざ猛特訓したという事実に驚いてしまう。

「お料理教室に行ったの⁉　わざわざ？」

「いや、実は江崎の恋人が料理教室の講師で、仕事の後に秘密特訓をしてもらった。もちろんふたりきりじゃない。江崎も一緒だ」

「なんだ……そういうことだったんだ！」

彩花は思わずホッとして何度も頷いてしまった。

それは江崎の恋人、つまり女性と会っていたということに対してではなく、ここしばらく大和の帰りが遅かった理由がわかったからだった。

仕事が忙しい時期があるのは理解しているが、医師としては過労で倒れたことのある大和を心配してしまう。それになにより、妻として一緒に過ごす時間が少なくなることも寂しく感じていた。

彩花の誕生日のために料理を習ってくれたなんて、ただ嬉しいという言葉では言い表せないぐらい胸がいっぱいになってしまう。隠さなくてもよかったのにと思うけれど、きっと彩花を最上級に驚かせたかったのだろう。

「大和さん、大好き」

そう口にすると、大和の目尻が下がって唇が優しい笑みの形になる。自分にだけ見せる優しい表情にまた胸がいっぱいになった。

「今度は一緒にお料理を習いに行こう？　私も母に教わっただけで自己流だし、大和さんと一緒に過ごしたいな～なんて」

「うん」

「それにね、本当は大和さんの帰りが遅くて、少し寂しかった！」

「うん」

　大和が優しく頷く。言葉は少ないけれど通じ合っている感じがする。

「そうだ！　それと江崎さんの彼女見てみたい！　江崎さんってプライベートなこと全然話さないし、そういう気配？　っていうか、そういう雰囲気なかったし」

　そう付け足すと、桜庭がニヤリと笑う。

「小柄な可愛らしい人だが、もう江崎を尻に敷いている感じだな」

「えっ⁉　あの有能な江崎さんを尻に敷くってどんだけ凄い人なの！　絶対会わせてね！」

「ああ。とても気さくな人だから、彩花とは仲良くなれそうな気がするよ」

「楽しみ」

　彩花は桜庭が作ってくれた料理を口に運びながらふと考えた。

　今まで大和が女性を褒めることなんて聞いたことがない気がする。つまりそんな大和に褒め言葉を言わせてしまうほど素敵な女性なのだろう。

　大和が自分を誰よりも愛してくれていることに対して疑いはないが、なんだか少しだけ胸の辺りがザワついてしまう。

「でも、私の前で……あんまり他の女の人、褒めないでね」

　彩花がつい本音を口にすると、大和がわずかに眉を上げた。

「褒めたというより、客観的な情報を伝えただけだ」

「それでも、やっぱりモヤモヤするもの」

駄々っ子のように言うと、大和は笑いながらテーブル越しに彩花の手を握った。

「悪かった。どうしたら機嫌を直してくれる？　今日は俺のお姫様の誕生日なんだから、上機嫌で過ごしてもらわないと」

〝俺のお姫様〟という言葉に気を良くした彩花は唇を緩めた。

「うーん。じゃあキスしてくれる？　だって今日はまだお帰りのキスもしてないでしょ」

彩花の誘いに大和の唇にも笑みが浮かぶ。

「どうかな。まだ食事中だし、キスはベッドまでお預けじゃないか？」

「そうなの？　私、我慢できないかも」

「そんなこと言わずに、せっかくの料理を味わってくれよ」

大和はそう言いながら彩花の手を握る指に力を込める。ギュッと掴《つか》まれた手が熱くて、体温があがったような気がした。

「じゃあ味わって急いで食べる。それならいいでしょ」

「ああ、もちろん。俺もそんなに我慢できそうにないしね。じゃあ改めて、彩花が生まれてきてくれたことに乾杯しよう」

ふたりでグラスを手に見つめ合う。

今まで人生で一番幸せだったのは結婚式だと思ったが、今日もかなりＭＡＸで胸がいっぱいになる。愛する人と一緒なら、何度でも最大級の幸せがアップデートされていくのだと思いながら、彩花はグラスに口をつけた。

あとがき

水城のあです。『執着系社長の重くて甘い愛にお腹いっぱいです！　奥手なドクターは突然のプロポーズに困惑する』お楽しみいただけましたか？

こちらは昨年らぶドロップスさんから電子書籍で配信されたものに加筆修正、そして新たに番外編をプラスしたものです。

蜜夢文庫版発売にあたり校正をさせていただいたのですが、あれ？　この人こんな変な人だったっけ？　と首を傾げる（笑）

もうちょっと普通の社長を書いているつもりだったんですが、駄々っ子のような社長が仕上がってました。

面倒くさい男だな～彩花、結婚してあげるなんて偉いよ……と思ってしまったのでした。

ちなみにプロットの時点では、甘いものが好きなスイーツ男子という設定がメインだったはずなのですが、スイーツ愛よりヒロインへの愛が重い男になっていたという（汗）

今回のヒロインは産業医ということで、ドクターものを書くときはいつもお世話になっている女医のKちゃんとMちゃんにご協力いただきました。

いつもいつも本当にありがとう!!　久しぶりにヌン活行こうね!!

そして番外編について。

実は秘書の江崎がお気に入りだったので、番外編では少し彼を幸せにしてみました。いつも大和に振り回されて可哀想なので……彼は結婚したらいい旦那様になると思います！

蜜夢文庫さんやらぶドロップスさんでは、ちょっと遊びのあるというか、奇抜というか、変態というか……とにかく少し変わった男性を書かせていただいています。

別にこういう男性を書いてくださいと提案されているわけではないのですが、編集さんがいつも自由にやらせてくれているという……ありがとうございます！

蜜夢文庫さんの作品はコミカライズされているものもあるので、そちらもチェックしていただけたら！

素敵な表紙と挿絵を描いてくださったｎｅｃｏ先生、ありがとうございました。最後のキスシーンがお気に入りです！

この本の出版にあたりご尽力くださった関係者の皆様、本当にありがとうございました。

そしてこの本に出会ってくれた読者様！　他にも完璧じゃない微妙にクセ強なヒーローをたくさん書かせていただいているので、他の作品も手に取っていただけると嬉しいです。

また別のお話で皆様にお目にかかれるのを楽しみにしています。

水城のあ

蜜夢文庫 作品コミカライズ版！

〈蜜夢文庫〉の人気作品が漫画でも読めます！
お求めの際はお近くの書店または電子書店にて。

溺愛蜜儀 ～神様にお仕えする巫女ですが、欲情した氏子総代と秘密の儀式をいたします！～

黒田 うらら［漫画］/ 月乃ひかり［原作］

〈あらすじ〉
七神神社のパワースポット"伝説の泉"が突然枯れ、以来、神社では不幸な出来事が続けて起きた。泉を復活させるには、神社の娘・結乃花と氏子総代の家柄である唯織が秘儀を行う必要があるという。唯織は結乃花が９年前に振られた初恋の相手。秘儀の夜、結乃花の待つ神殿に現れた唯織は、危険なオーラを放っていて——。

悩める新人 MR はツンデレドクターに翻弄される！

私を（身も心も）捕まえたのは史上最強の悪魔 Dr.でした

氷室桜［漫画］／連城寺のあ［原作］

〈あらすじ〉
製薬会社の新人 MR 理子は、営業先の病院で悪魔（デーモン）と呼ばれている外科医と出会う。しかしこの男･大澤は、数ヵ月前、友人の結婚式に車で向かっている途中で具合が悪くなった理子を介抱し、一夜を共にした相手だった。冷ややかな態度をとりながら、時間を見つけては強引に理子と逢瀬を重ねる大澤。二人でいる時は、とても優しくて……。私って、ただのセフレ？それとも……。

本書は、電子書籍レーベル「らぶドロップス」より発売された電子書籍『執着系社長の重くて甘い愛にお腹いっぱいです！』を元に、加筆・修正したものです。

★著者・イラストレーターへのファンレターやプレゼントにつきまして★
著者・イラストレーターへのファンレターやプレゼントは、下記の住所にお送りください。いただいたお手紙やプレゼントは、できるだけ早く著作者にお送りしておりますが、状況によって時間が掛かる場合があります。生ものや賞味期限の短い食べ物をご送付いただきますと著者様にお届けできない場合がございますので、何卒ご理解ください。
送り先
〒160-0022　東京都新宿区新宿 1-36-2　新宿第七葉山ビル 3F
(株）パブリッシングリンク　蜜夢文庫 編集部
○○（著者・イラストレーターのお名前）様

執着系社長の重くて甘い愛にお腹いっぱいです！
奥手なドクターは突然のプロポーズに困惑する
２０２５年3月18日　初版第一刷発行

著……水城のあ
画……neco
編集……株式会社パブリッシングリンク
ブックデザイン……おおの蛍
（ムシカゴグラフィクス）
本文ＤＴＰ……ＩＤＲ

発行……株式会社竹書房
〒102-0075　東京都千代田区三番町８－１
三番町東急ビル６Ｆ
email：info@takeshobo.co.jp
https://www.takeshobo.co.jp
印刷・製本……中央精版印刷株式会社